두 친구

Deux amis

기 드 모파상
이봉지 옮김

두 친구

Deux amis

펠릭스 나다르가 찍은 기 드 모파상(1888)

차례

두 친구

파리가 봉쇄되었다. 주민들은 굶주림에 허덕거렸다. 지붕 위에서 참새가 사라지고 수챗구멍의 쥐들도 자취를 감추었다. 사람들은 뭐든 닥치는 대로 먹었다.

1월의 어느 맑은 날 아침, 시계점 주인이자 국민 방위 대원인 모리소는 제복 바지 주머니에 손을 찌른 채 주린 배를 움켜쥐고 파리의 외곽 대로를 쓸쓸히 걷고 있었다. 그러다가 그는 우뚝 멈춰 섰다. 동료이자 친구인 소바주와 맞닥뜨린 것이었다. 그들은 강에서 낚시를 하다 친해진 사이였다.

전쟁이 터지기 전 모리소는 일요일이면 항상 새벽같이 일어났다. 그러고는 한 손에는 대나무 낚싯대를 들고, 잔등에는 양철통을 지고 집을 나섰다. 아르장퇴유행 기차를 타고 가다 콜롱브에서 내린 다음, 도보로 마랑트 섬으로 갔다. 꿈에 그리던 그곳에 도착하면 모리소는 곧바로 낚시를 시작했다. 그러고는 밤이 될 때까지 오로지 낚시에만 몰두했다.

매주 일요일 그는 그곳에서 키가 작고 뚱뚱하며 성격이 매우 쾌활한 소바주를 만났다. 그는 노트르담드로레트 거리에서 잡화점을 운영하는 사람으로 역시 낚시광이었다. 그들은 강둑에 나란히 걸터앉아 낚싯대를 쥐고 하루해를 함께 보내곤 했다. 그러는 사이에 친구가 되었다.

어떤 날은 아무 얘기도 하지 않고 묵묵히 낚시만 했고 어떤 날은 서로 이야기를 나누었다. 그러나 그들은 같은 취미와 같은 감성을 지닌 까닭에 말없이도 서로를 완벽하게 이해했다.

봄날 아침 10시경 새로 태어난 듯 산뜻한 태양이 조용한 강물 위로 엷은 물안개를 흘려보내고, 이들 두 낚시광의 등에 따뜻한 봄볕을 내리쬘 때면 모리소는 옆 사람에게 말하곤 했다. "아! 날씨 참 좋다!" 그러면 소바주는 "이보다 좋은 건 없을걸요." 하고 대답했다. 그것으로 충분했다. 그들이 서로를 이해하고 인정하는 데는.

가을의 황혼 무렵, 햇살에 하늘이 핏빛처럼 붉게 물들고 강물이 붉은 구름 그림자로 물감을 풀어놓은 듯 온통 검붉어지고 지평선이 석양에 불타오를 때면 그리고 두 친구의 얼굴이 불덩이처럼 붉어지고 단풍으로 물든 나무들이 겨울을 예감하듯 금빛으로 전율할 때면, 소바주는 빙그레 웃으며 모리소를 쳐다보았다. 그러고는 "정말 장관이지요?" 하고 물었다. 그러면 모리소는 찌에서 시선을 돌리지 않은 채 경탄하며 대답했다. "시내보다 훨씬 좋네요, 안 그래요?"

서로를 알아보자마자 그들은 힘주어 악수를 했다. 이렇게 달라진 상황에서 만나게 되다니. 그들은 반가우면서도 착잡한 심정이었다. 소바주는 한숨을 쉬면서 중얼거렸다. "참, 시절이 수상하군요!" 모리소도 침울하게 말했다. "게다가 날씨도 안 좋고! 올해 들어 내내 안 좋았죠. 오늘 처음 맑은 꼴을 보는군요."

실제로 이날 하늘은 파랗게 개었고 빛으로 충만했다.

그들은 각자 생각에 잠긴 채 슬픈 모습으로 나란히 걷기 시작했다. 얼마 후 모리소가 입을 열었다. "낚시는 어떻고! 정말 좋았었는데!"

소바주가 물었다. "언제쯤이면 거기 돌아갈 수 있을까요?"

그들은 작은 카페에 들어가서 함께 압생트를 한잔 마셨다. 그러고는 다시 걷기 시작했다.

모리소가 우뚝 멈춰 서서 물었다. "한잔 더 어때요?" 소바주가 동의했다. "좋으실 대로 하시죠." 그들은 다른 술집으로 들어갔다.

술집에서 나왔을 때는 둘 다 취해 있었다. 빈속에 들이켠 술이 빨리 효과를 발휘한 것이었다. 바깥 날씨는 따뜻했다. 부드러운 바람이 그들의 얼굴을 간질였다.

훈풍에 더욱 취기가 오른 소바주가 발걸음을 멈추었다.

"함께 거기 안 가실래요?"

"어디요?"

"거시기, 낚시 말이에요."

"그치만 어디서?"

"그야 물론 우리 섬이지요. 프랑스군 최전방 초소가 콜롱브 근처에 있어요. 거기 지휘관인 뒤물랭 대령을 알거든요. 그 사람한테 부탁하면 통과시켜 줄 겁니다."

모리소는 욕망에 몸이 달아올랐다. "좋습니다. 그럽시다." 그들은 각자 낚시 도구를 챙기러 집으로 돌아갔다.

한 시간 후 그들은 큰길을 나란히 걷고 있었다. 그들은 대령의 거처를 찾아갔다. 대령은 그들의 요구를 듣고는 그 엉뚱함에 미소를 지었다. 대령의 허가가 났고 그들은 통행증을 받아 다시 길을 떠났다.

그들은 곧 초소들을 지나쳐 인적이 없는 콜롱브 마을을 통과한 다음, 센 강 쪽으로 비탈져 내려가는 포도밭에 다다랐다. 시각은 11시에 가까웠다.

정면에 있는 아르장퇴유 마을은 쥐 죽은 듯 조용했다. 그 뒤로 오르주몽과 사누아 언덕이 솟아 있었다. 낭테르까지 이어진 넓은 평야는 휑하게 비어 있었다. 회색 땅 위에는 가지가 앙상한 벚나무만이 서 있었다.

소바주는 손가락으로 언덕 꼭대기를 가리키며 중얼거렸다. "프로이센 군인들이 저 위에 있어요!" 황폐한 풍경 앞에서 갑자기 불안감이 엄습했다.

"프로이센 사람들이라!" 그들은 프로이센 사람을 한 번도 본 적이 없었다. 그렇지만 몇 달 전부터 그들의 존재를 파리 주위에서 느꼈다. 보이지는 않지만 그들은 막강한 힘으로 프랑스를 망치고, 약탈하고, 사람들을 학살하고 있었다. 둘은 자신들이 모르지만 승자로 군림하는 이 민족에게 증오심을 느끼고 있었다. 이제 거기에 더하여 일종의 공포가 생겨났다.

모리소가 더듬더듬 말을 이었다. "아이고! 그자들을 만나면 어떡하지?"

소바주가 상황을 가리지 않는 파리 사람 특유의 익살을 섞어 대답했다.

"그럼 생선튀김이나 대접하죠, 뭐."

그러면서도 그들은 들판으로 내려가기를 망설였다. 넓은 지평선의 적막함에 겁을 집어먹었던 것이다.

드디어 소바주가 결심을 했다. "자, 갑시다! 그렇지만 조심해야 해요." 그들은 포도밭으로 내려가 허리를 90도로 굽히고 땅바닥을 살금살금 기기 시작했다. 덤불 뒤에 몸을 숨겨 가며, 불안한 눈으로 사방을 살피고 귀를 쫑긋 세워 가며.

강에 도달하기 위해서는 마지막으로 나무도 풀도 없이 벌건 땅 한 뙈기를 건너야 했다. 그들은 정신없이 내달렸다. 그러고는 마른 갈대 사이에 몸을 숨겼다.

모리소는 근처에서 발소리가 들리지 않나 확인하기 위해서 땅에 귀를 댔다. 아무 소리도 들리지 않았다. 정말이지 그곳에는 그들밖에는 아무도 없었다.

그들은 안도의 한숨을 내쉬며 낚시를 시작했다.

아무도 살지 않는 마랑트 섬이 그들을 강 건너편으로부터 가려 주었다. 섬에 있는 작은 식당은 닫혀 있었다. 마치 몇 년 전부터 버려져 있던 것처럼.

소바주가 먼저 모래무지를 한 마리 잡았다. 모리소도 한 마리를 낚았다. 그 뒤로 그들은 계속해서 낚싯대를 거둬 올렸다. 작은 은빛 고기가 파닥거리며 계속해서 줄 끝에 매달려 올라왔다. 기적과도 같은 신나는 낚시였다.

그들은 잡아 올린 물고기를 조심스럽게 발밑의 물속에 담가 놓은 촘촘한 그물망 자루 속에 집어넣었다. 그러자 감미로운 황홀감이 밀려왔다. 오랫동안 금지되었던 쾌락을 되찾았을 때 느끼는 그런 황홀감이었다.

따스한 햇살이 어깨 사이로 부드러운 열기를 전해 주었다. 이제 그들에게는 아무것도 들리지 않고 아무 생각도 떠오르지 않았다. 그들은 세상을 잊고 그저 낚시에만 몰두했다.

갑자기 땅속에서 나는 듯한 둔중한 소리가 땅을 뒤흔들었다. 대포 소리였다.

모리소는 고개를 돌렸다. 강둑 위 왼쪽에 커다란 몽발레리앵 산의 모습이 보였다. 산 정면에 새털 같은 하얀 연기가 걸려 있었다. 방금 토해 낸 화약 부스러기였다.

곧 성채 꼭대기로부터 연기가 뿜어져 나왔다. 그리고 몇 초 후 포탄 터지는 소리가 났다.

계속적으로 포격이 잇달았다. 얼마씩 간격을 두고 산에서는 죽음의 숨결이 뿜어져 나왔다. 우윳빛 연기는 고요한 하늘로 천천히 올라가 산 위에서 구름이 되어 걸렸다.

소바주는 어깨를 으쓱하며 말했다. "또 시작이군!"

낚싯대를 드리울 때마다 찌가 움직이는 품을 초조하게 지켜보던 모리소는 갑자기 화를 버럭 냈다. 조용히 사는 사람이 싸움질을 일삼는 사람들에게 느끼는 분노였다. 그는 혀를 찼다. "저렇게들 서로를 죽이다니 정말 바보들이야."

소바주가 맞장구를 쳤다. "정말, 짐승보다 못해."

마침 잉어 한 마리를 낚아 올린 모리소가 선언하듯 말했다. "정부가 있는 한 계속 저럴 테니, 어처구니가 없어서."

소바주가 말을 가로막았다. "우리나라가 공화국이었다면 선전포고 같은 건 하지 않았을 겁니다……"

모리소도 지지 않았다. "왕이 있으면 외국과 전쟁을 하고, 공화제로 정해 놓으면 국내에서 저들끼리 전쟁을 하고."

급기야 정치 토론이 벌어졌다. 온순하지만 식견이 좁은 그들은 나름대로의 이성에 비추어 주요 정치 현안에 대해 논평했다. 그들은 인간이란 결코 자유롭지 못하리라는 점에 있어 의견의 일치를 보았다. 그사이에도 몽발레리앙 산에서는 쉬지 않고 포격이 계속되었다. 포탄은 프랑스의 집들을 부수고, 생명을 파괴하고, 사람을 죽이며, 꿈과 기쁨과 행복을 박살내고, 저쪽 다른 나라의 아내와 딸과 어머니 들의 가슴에 결코 끝나지 않을 고통의 샘을 팠다.

"이게 바로 삶이란 거죠." 소바주가 잘라 말했다.

"아니, 차라리 이게 바로 죽음이라는 편이 낫겠군요." 모리소가 웃으면서 정정했다.

그러다가 그들은 질겁했다. 뒤에서 발자국 소리가 났던 것이다. 눈을 돌려보니 등 뒤에 남자 넷이 서 있었다. 사내들은 키가 크고 수염이 텁수룩한 데다 무장하고 있었다. 하인들처럼 제복을 입고 납작한 모자를 쓴 사내들은 총 끝으로 그들의 빰을 겨냥했다.

낚싯대 두 개가 손에서 떨어져 강물을 따라 흘러갔다.

몇 초 만에 그들은 붙잡혀 결박을 당했다. 그러고는 배에 던져져 섬으로 끌려갔다.

빈 줄만 알았던 집 뒤에 스무 명가량 프로이센군이 있었다.

거인 같은 털보가 의자에 앉아 있었다. 그는 커다란 도자기 파이프를 피우며 그들에게 유창한 프랑스어로 물었다. "자, 여러분, 낚시는 잘되었나요?"

그러자 한 사병이 물고기가 가득한 어망을 장교 발치에 내려놓았다. 프로이센 장교는 미소를 지었다. "아이고, 조황이 괜찮았던 것 같군요. 그렇지만 이제 본론으로 들어갑시다. 너무 떨지들 말고 내 말 잘 들으시오. 나는 당신들을 우리를 정탐하러 온 간첩으로 간주하오. 그래서 당신들을 잡은 게고, 총살할 거요. 당신들은 우리 눈을 속이기 위해서 짐짓 낚시하는 척하고 있던 거요. 당신들은 내 손에 걸려들었소. 당신들로서는 안되었지만 할 수 없지. 전쟁이란 그런 거니까. 다만 당신들은 초소를 지나왔으니 돌아갈 때 쓸 암호를 알 거요. 그걸 알려 주면 살려 주겠소."

얼굴이 하얗게 질린 두 친구는 입을 다물고 나란히 서 있었다. 자신들도 모르는 사이에 손이 떨렸다.

장교가 말을 이었다. "아무도 모르게 하겠소. 당신들은 그냥 돌아가기만 하면 되오. 비밀은 지키겠소. 그렇지만 거부하면 죽음이 있을 뿐이오. 그것도 당장. 그러니 선택하시오."

그들은 묵묵부답으로 우두커니 서 있었다.

프로이센 장교는 여전히 침착한 태도로 강물을 가리키며 말했다. "오 분 후면 당신들은 저 강바닥에 가라앉을 거요. 오 분 말이오! 당신들에게도 가족이 있겠지요?"

몽발레리앙 산의 대포는 계속해서 굉음을 뿜어내었다.

두 낚시꾼은 잠자코 서 있었다. 프로이센인은 자기 나라 말로 뭐라고 명령을 내렸다. 그러고는 포로들로부터 조금 떨어진 곳으로 자기 의자를 옮겼다. 그러자 열두 병사가 스무 걸음쯤 떨어진 곳에 도열했다. 병사들의 총은 발치를 향했다.

장교가 말했다. "딱 일 분간만 시간을 주겠소. 더는 일 초도 안 되오."

말을 마친 장교는 갑자기 의자에서 일어나 그들 쪽으로 다가왔다. 그는 모리소의 팔을 잡고 한쪽으로 데려간 다음, 작은 소리로 말했다. "빨리 말하시오. 암호는? 당신 친구는 아무것도 모를 거요. 내가 한탄하는 척할 테니까 말이오."

모리소는 아무 대답도 하지 않았다.

그러자 그는 소바주를 데리고 가서 똑같은 질문을 했다.

소바주도 대답하지 않았다.

그들은 다시 나란히 섰다.

장교가 명령을 내렸다. 사병들이 총을 들었다.

모리소의 시선이 몇 걸음 떨어진 풀밭에 놓인 어망에 우연히 가닿았다. 망은 모래무지로 가득 차 있었다.

아직까지 살아서 파닥거리는 물고기 비늘이 햇빛에 빛났다. 갑자기 온몸에 힘이 쭉 빠졌다. 안간힘을 썼지만 눈에 눈물이 가득 찼다.

그는 중얼거렸다. "그럼 안녕히, 소바주 씨."

소바주가 대답했다. "모리소 씨도 안녕히."

그들은 발끝부터 머리끝까지 엄습하는 가벼운 전율에 몸을 떨면서 악수를 나누었다.

장교가 소리쳤다. "발사!"

열두 개 총구가 일시에 불을 뿜었다.

소바주는 코를 땅에 박고 쓰러졌다. 좀 더 키가 큰 모리소는 잠시 움칠거리다가 빙그르 돌아 하늘로 얼굴을 향한 채 친구의 몸 위로 비스듬히 쓰러졌다. 가슴께가 해진 그의 윗옷에서 피가 뿜어져 나왔다.

프로이센인은 새로 명령을 내렸다.

부하들은 잠시 흩어지더니 밧줄과 돌을 가지고 돌아왔다. 그러고는 그것들을 두 시체에 매단 다음, 강둑으로 운반해 갔다.

몽발레리앙 산은 쉬지 않고 굉음을 토했다. 이제 산은 포연으로 자욱했다.

군인 둘이 각각 모리소의 머리와 발을 들었다. 또 다른 둘이 같은 방식으로 소바주를 들었다. 그들은 시체를 몇 번 흔든 다음 멀리 던졌다. 시체는 포물선을 그리며 물 위에 떨어져서 선 채로 물속으로 들어갔다. 발에 매단 돌의 무게 때문이었다.

물이 확 튀었다. 그러고는 소용돌이치고 넘실댔다. 그러다가 점차 잔잔해져 갔다. 잔물결이 강둑까지 번졌다.

물위에는 핏자국이 떠돌았다.

여전히 침착한 장교가 작은 목소리로 말했다. "이제 물고기들이 신바람 날 차례군."

그때 풀밭 위 모래무지 어망이 그의 눈에 띄었다. 그는 어망을 집어 살펴본 다음, 빙그레 웃으며 소리쳤다. "빌헬름!"

그러자 흰 앞치마를 두른 군인이 뛰어왔다. 장교는 총살당한 두 사람이 잡은 고기를 던져주며 명령했다. "그 작은 놈들을 즉시 튀기게나. 산 채로 말이야. 정말 맛있을 거야."

그리고 그는 다시 파이프를 피우기 시작했다.

비곗덩어리

패주하는 군대의 무리가 며칠 동안이나 계속해서 떼를 지어 도시를 가로질러 갔다. 그들은 이미 군대가 아니라 지리멸렬한 오합지졸에 불과했다. 더러운 수염이 길고 텁수룩한 데다 누더기 같은 군복을 걸친 그들은 깃발도 대오도 없이 기운 없는 걸음걸이로 나아갔다. 모두들 너무도 쇠약하고 지쳐서 아무 생각도, 아무 결의도 못 하고 그저 습관적으로 걸었다. 걸음을 멈추면 피로에 지쳐 그 자리에 쓰러질 지경이었다. 총의 무게에 눌려 허리가 구부정해진 동원병들이 특히 눈에 띄었다. 그들은 원래 평화를 사랑하는 조용한 연금 생활자들이었다. 개중에는 쉽게 겁을 집어먹고 쉽게 열광하며, 항상 공격할 준비가 되어 있고 또 그만큼 도망갈 준비도 되어 있는 민첩한 어린 기동대원들도 있었다. 대전투에서 궤멸된 사단의 패잔병인 듯한 붉은 바지를 입은 정규 보병들이 그들 가운데 섞였고, 회색 포병들 또한 이들 잡다한 보병들과 함께 대열을 이루었다. 그리고 이따금 발 빠른 보병 대열의 뒤를 간신히 따라가는 발걸음 무거운 용기병(龍騎兵)의 번쩍이는 투구가 보였다.

그리고 "패배의 복수자", "무덤의 시민", "죽음을 가르는 자" 등과 같은 영웅적인 칭호를 지닌 유격병 군단이 도둑 떼처럼 지나갔다.

그들의 우두머리는 포목상, 곡물상, 기름 장수 혹은 비누 장수를 하다 차출된 사람들이었다. 재산이 많거나 나이가 많다는 이유로 갑자기 장교로 임명된 그들은 무기와 플란넬과 소매 장식에 뒤덮여서 쩌렁쩌렁 울리는 큰 소리로 작전 계획을 짜고, 허풍스러운 자기들의 두 어깨로 죽어 가는 프랑스를 받치고 있다는 듯이 설쳐 댔다. 그러면서도 한편으로는 지나치게 용감하고 약탈과 방탕을 일삼는 극악무도한 졸병들을 두려워하기도 했다.

프로이센 군대가 루앙에 들어온다고들 했다.[1]

두 달 전부터 근처 숲속에서 정찰 임무를 수행하면서 아군의 보초에게 총질을 해 대고, 덤불 속에서 토끼 한 마리만 움직여도 전투 준비에 법석을 떨던 국민 방위병은 모두 집으로 돌아가 버렸다. 사방 10여 킬로미터의 국도 주변을 공포에 떨게 하던 그들의 무기와 군복이 일시에 사라졌다.

마침내 마지막 프랑스군 무리마저 센 강을 건너갔다. 그들은 생스베르와 부르아샤르를 거쳐 퐁오드메르로 갈 예정이었다. 맨 끄트머리에는 절망한 장군이 두 부관 사이에 끼어 걸었다. 이들 오합지졸을 데리고 뭔가 도모한다는 것은 애초에 그르친 일이었다. 게다가 승전밖에 모르던 전설적으로 용맹스러운 국민이 이처럼 무참히 패배했다는 사실에 장군 자신도 반쯤 얼빠져 있었다.

1 이 이야기는 1870년 보불 전쟁을 배경으로 한다.

그러고는 깊은 정적이, 조용하고 공포스러운 기다림이 도시를 감돌았다. 상업으로 유약해진 많은 배불뚝이 부르주아들은 혹시 고기 굽는 꼬챙이와 식칼이 무기로 간주되지나 않을까 두려워하면서 초조하게 승리자들을 기다렸다.

삶이 멈춘 것 같았다. 가게는 철시하고 길에는 정적이 흘렀다. 이따금 이 정적에 겁을 먹은 주민들이 벽을 따라 미끄러지듯 조급히 지나갔다.

기다림의 공포가 큰 나머지 사람들은 차라리 적군이 빨리 오기를 바랐다.

프랑스 군대가 떠난 다음 날 오후, 어디에서 왔는지 모르는 몇몇 프로이센 창기병이 재빠르게 시내를 가로질러 갔다. 그리고 얼마 후 일단의 검은 무리가 생트카트린 언덕을 내려왔고, 다르네탈과 부아기욤 쪽 길에서 다른 두 무리가 나타났다. 이 세 전위대는 모두 같은 시각에 시청 앞 광장에 도달했다. 그리고 부근의 모든 거리를 통해 프로이센군이 속속 도착했다. 딱딱하고 절도 있는 발소리를 울리며.

인적 없이 죽어 있는 집들을 따라 후음이 많이 섞인 알 수 없는 구령이 들려왔다. 닫힌 덧창 뒤에서는 주민들이 눈만 내놓은 채 "전쟁의 권리"로써 도시와 재산과 생명의 주인이 된 승리자들을 염탐했다. 주민들은 어두침침한 방 안에서 온갖 지혜와 힘도 소용이 없는 대홍수나 살인적인 대지진 때와 같은 공포에 휩싸였다. 이러한 느낌은 기존 질서가 송두리째 뒤집히고 치안이 마비될 때, 즉 인간의 법과 자연의 법 아래 보호되던 모든 것이 무의식적이고 무자비한 잔인성에 좌우될 때면 으레 나타나는 것이었다. 집을 무너뜨리고 사람들을 생매장하는 대지진, 죽은 소들과 지붕에서 뽑힌 들보와 함께 농부들을 휩쓸어 가는 강의 대범람 혹은 대항자들을 학살하거나 포로로 잡아 가면서 검의 이름으로 약탈하고 대포 소리로 신에게 감사를 드리는 적군 등이 모두 이러한 무서운 재앙들이었다. 이것들은 영원한 정의와 배워 온 신의 가호, 인간의 이성에 대한 신념을 뒤흔들었다.

그러는 사이 군인들의 작은 무리가 집집마다 문을 두드리기 시작하고, 이내 집 안으로 사라졌다. 침략 후의 점령이었다. 이제 승자에게 예의 바른 태도를 보여야 하는 패자의 의무가 시작되었다.

얼마 후 최초의 공포가 사라지자 새로운 고요가 자리 잡았다. 이 집 저 집의 식탁마다 프로이센 장교가 동석했다. 그들 중 가정 교육을 잘 받은 사람들은 예의를 차려 프랑스를 동정하고 전쟁에 참여하게 되어 괴롭다는 말을 하기도 했다. 사람들은 이런 태도에 감사를 표했다. 게다가 언젠가 그들의 보호가 필요할지도 몰랐다. 그들의 비위를 맞춤으로써 어쩌면 집에서 먹여야 할 군인 수를 줄일지도 모르는 일이었다. 게다가 생사여탈권을 쥔 사람의 기분을 무엇 때문에 건드리겠는가? 그러는 것은 용기가 아니라 만용일 뿐이다. 루앙의 부르주아는 이제 더 이상 루앙의 이름을 드높인 영웅적 방어의 시절처럼 만용을 부리지 않았다. 사람들은 프랑스식 세련미로써 최고의 논리를 만들어 냈다. 대중 앞에 드러내 놓고 외국군인과 친밀한 티만 내지 않는다면 집 안에서야 예절 바르게 굴어도 상관없다고. 그리하여 사람들은 밖에서는 결코 그들을 알은체하지 않았지만 집에서는 기꺼이 함께 이야기 나누었다. 저녁 식사 후 프로이센 군인들이 주민들의 벽난로 앞에서 몸을 녹이며 지체하는 시간이 점점 길어졌다.

더불어 도시도 차츰 평상시 모습을 되찾아 갔다. 프랑스인들은 아직 외출을 삼갔지만 프로이센 군인들은 거리에 나와 우글거리기 시작했다. 실제로 포도 위에서 거만한 태도로 죽음의 도구를 질질 끌고 다니는 푸른 제복의 장교들은 지난해 같은 카페에서 술을 마시던 프랑스 엽기병 장교들보다 일반 시민들을 멸시하는 것 같지도 않았다.

그러나 공기 중에는 무엇인가가 떠돌았다. 미묘하고 알 수 없는 그 무엇, 참을 수 없고 이상한 분위기, 바로 침략의 냄새였다. 그것은 집과 광장을 채우고 음식의 맛을 변화시켰으며, 멀리 있는 위험한 야만족의 나라로 여행하는 듯한 인상을 주었다.

승리자들은 돈, 그것도 많은 돈을 요구했다. 주민들은 달라는 대로 다 주었다. 물론 주민들이 부자이기는 했다. 그러나 노르망디 상인들은 부유하면 할수록 더욱더 손실을 가슴 아파 하고 자기 돈을 남의 손에 넘겨주는 것을 못 참았다.

루앙에서 크루아세, 디에프달 혹은 비사르 쪽으로 강을 따라 10킬로미터가량 내려간 지점에서 일하던 뱃사공과 낚시꾼 들은 종종 프로이센 군인의 시체를 강바닥에서 건지곤 했다. 칼에 찔리거나 발에 차여 혹은 돌에 머리가 깨지거나 다리에서 떠밀려 물에 빠져 죽은 이들의 시체는 제복 속에서 퉁퉁 불어 있었다. 대낮의 전투보다 더 위험하지만 결코 훈장이나 찬양으로 보상받지 못하는 야만적이고도 정당한 복수, 알려지지 않은 영웅적 쾌거, 말 없는 공격은 이렇듯 강바닥의 진흙 속에 파묻혔다.

이런 일들은 이방인에 대한 증오에서 일어난다. 이는 사상을 위해 죽을 각오가 되어 있는 몇몇 용감한 사람들을 부추겨 무기를 들게 한다.

침략자들은 엄격한 규율로 도시를 완전히 장악했다. 소문에 따르면 그들은 개선 행군을 하는 동안 말할 수 없는 잔혹한 행위를 저질렀다. 그러나 그런 소문과는 달리 도시에서는 어떠한 잔혹 행위도 일어나지 않았다. 그러자 사람들은 대담해졌다. 이 고장 상인들의 마음속에 장사의 욕구가 다시 살아났던 것이다. 상인들 중 몇몇은 프랑스군이 점령한 르아브르에 엄청난 이해관계를 행사하고 있었다. 그래서 그들은 육로로 디에프에 가서 배를 타고 그 항구 도시에 가려고 했다.

사람들은 면식이 있는 프로이센 장교의 영향력을 이용하여 총사령관의 출발 허가증을 얻어 냈다.

말 네 필이 끄는 커다란 합승 마차 한 대가 이 여행을 위해 예약되었고 열 사람이 차부에 등록을 했다. 화요일 아침 동트기 전으로 출발 시각이 정해졌다. 사람들이 몰려드는 것을 막기 위해서였다.

얼마 전부터 영하의 날씨가 계속되어 땅이 꽁꽁 얼어붙어 있었고, 월요일 3시경에는 북쪽에서 온 커다란 검은 구름이 몰고 온 눈이 저녁 내내, 그리고 밤새 계속해 내렸다.

새벽 4시 반, 여행자들은 마차 탑승 장소인 노르망디 호텔 뜰에 모였다.

그들은 아직도 잠에 취해 있었고 외투 속에서 추위에 떨었다. 어두워서 서로의 얼굴조차 잘 보이지 않았다. 두꺼운 겨울옷을 걸쳐서인지 그들은 모두 긴 법의를 입은 뚱뚱한 신부처럼 보였다. 그들 중 두 사람이 서로를 알아보았다. 그리고 또 한 사람이 둘에게 다가갔다. 그들은 이야기를 나누기 시작했다. “저는 아내를 데리고 갑니다.” 한 사람이 말했다. “저도 그렇습니다." "저도요." 그러자 첫 번째 사람이 다시 말을 이었다. "저흰 루앙으로 돌아오지 않을 겁니다. 프로이센군이 르아브르 근처에 오면 영국으로 건너갈 겁니다." 모두들 비슷한 성향인지라 계획이 같았다.

아무도 마차에 말을 매러 오지 않았다. 이따금 마구간 하인이 조그만 등불을 들고 어두운 문에서 나와 곧바로 다른 문으로 사라질 뿐이었다. 마구간에서 말들이 바닥에 깐 짚더미 위로 땅을 차는 소리가 둔탁하게 들렸다. 누군가 말에게 이야기하는 소리, 욕설을 퍼붓는 소리도 들렸다. 가벼운 방울 소리가 들리는 것으로 보아 마구를 만지는 게 틀림없었다. 이윽고 그 방울 소리는 말의 움직임에 따라 규칙적으로 울리는 한층 분명하고 끊임없는 소리로 변했다. 그 소리는 이따금 멈추었다가 곧이어 편자를 박은 말굽으로 땅을 차는 둔탁한 소리와 함께 갑작스럽게 재개되곤 했다.

갑자기 문이 닫히고, 모든 소리가 뚝 그쳤다. 추위에 언 사람들은 이미 이야기를 그친 지 오래였다. 그들은 꼼짝하지 않고 뻣뻣하게 서 있었다.

끊임없이 내리는 눈송이로 사방은 온통 흰 장막이 쳐진 것 같았다. 눈은 사물의 형상을 모두 지우고 그 위에 얼음 거품을 흩뿌렸다. 겨울 속에 파묻힌 조용한 도시의 거대한 정적 속에 들리는 거라고는 형언할 수 없는 어렴풋한 눈 내리는 소리뿐이었다. 소리라기보다는 차라리 느낌에 가까웠다. 가벼운 원자들이 서로 뒤섞이는, 그리고 그것들이 공간을 채우고 세상을 뒤덮는 듯한 감각적인 인상이었다.

등불을 든 사람이 다시 나타났다. 순순히 나오려고 하지 않는 침울한 말의 고비를 끌어당기면서. 말을 수레 축에 맞추어 세우고 수레 끄는 줄을 비끄러맨 그는 마구가 제대로 되었나 살피느라 오랫동안 말 주위를 맴돌았다. 한 손으로 등불을 비추느라 남은 손밖에 쓸 수 없었기 때문이다. 두 번째 말을 데리러 가려던 그는 그제야 하얗게 눈을 뒤집어쓰고 우두커니 서 있는 여행객들을 발견했다. "왜 마차에 오르시지 않나요? 적어도 눈은 피할 텐데요."

미처 그 생각을 못 했던 여행객들은 이 말을 듣고 서둘러 마차에 올랐다. 아까의 세 남자는 아내들을 먼저 안쪽에 태우고 뒤따라 마차에 올랐다. 어렴풋한 검은 덩어리처럼 보이던 다른 사람들도 말없이 마차에 올라 나머지 자리를 채웠다.

사람들은 마차 바닥에 깔린 짚 속에 발을 파묻었다. 안쪽의 부인들은 화학탄을 사용하는 작은 구리 발난로를 꺼내 불을 붙였다. 그리고 얼마 동안 나지막한 목소리로 이 기구의 장점을 주워섬겼다. 그래 봐야 오래전부터 이미 다들 알던 뻔한 물건에 불과했지만.

드디어 말이 다 매어졌다. 오늘 같은 날은 마차 끌기가 매우 힘들어서 네 마리가 아니라 여섯 마리를 맸다. 밖에서 묻는 소리가 들렸다. "다 탔나요?" 그러자 안에서 누군가가 대답했다. "네." 그들은 출발했다.

마차는 조금씩 조금씩, 매우 천천히 나아갔다. 바퀴가 눈 속에 빠졌다. 차체 전체가 삐꺽거리며 둔탁한 소리를 냈다. 말들은 미끄러지고, 숨을 헐떡이며, 더운 김을 내뿜었다. 마부의 거대한 채찍이 쉴 새 없이 철썩거리며 사방으로 흩어졌다. 채찍은 가는 뱀처럼 감겼다가 풀어지고, 그러다가는 갑자기 살진 말 엉덩이 위로 내달렸다. 그러면 안간힘을 쓰는 말의 엉덩이는 더욱더 팽팽해지곤 했다.

그러는 사이 차츰 날이 밝아 왔다. 한 루앙 출신 여행자가 솜이 내리는 듯하다고 표현했던 가벼운 눈송이는 이제 내리지 않았다. 두껍고 어두운 구름 사이로 칙칙한 한 줄기 빛이 비어져 나오자 들판의 흰빛이 더욱 뚜렷해졌다. 들판에는 서리를 뒤집어쓴 커다란 나무들이 줄지어 있고 눈 두건을 쓴 초가도 보였다.

여명 속에서 마차 안의 사람들은 호기심 어린 눈길로 서로를 살폈다.

제일 안쪽의 최상석에서는 그랑퐁 거리에 사는 포도주 도매상 루아조 부부가 마주 앉아 졸았다.

루아조는 원래 점원이었는데 주인이 파산하자 영업권을 사들여 큰돈을 벌었다. 그는 시골의 소매상들에게 최하급 포도주를 매우 싼 값에 팔았다. 주변에서 그는 교활한 사기꾼, 술책에 능하고 쾌활한 전형적인 노르망디인으로 통했다.

그가 협잡꾼임은 누구나 다 아는 사실이었다. 심지어는 어느 저녁에 열렸던 도지사 관저 모임에서마저 농담거리가 될 정도였다. 그날 이야기를 주도한 사람은 우화와 작곡가로서 신랄하고도 섬세하며 그 지방의 자랑이기도 한 투르넬이었다. 부인들이 조는 것을 보고 그가 루아조 볼[2]을 하자고 제안했던 것이다. 이 말은 그날 저녁 도지사의 살롱에 모인 모든 사람들에게 퍼졌고, 이내 도시 전체에 퍼져 한 달 동안이나 사람들에게 웃음을 선사했다.

루아조는 가지가지 익살과 좋고 나쁜 여러 가지 농담을

2 "새가 날다(l'oiseau vole)."라는 뜻의 놀이로 나는 것과 날지 못하는 것을 판가름하는 놀이. '볼레(voler)'라는 동사에는 '날다'와 '훔치다'라는 뜻이 있다.

잘하기로도 유명했다. 그리하여 그에 대해 말할 때면 사람들은 빼놓지 않고 "우습기 그지없지, 그 루아조 말이야."라는 말을 덧붙였다.

키가 작고 배는 공처럼 둥근 그는 얼굴이 불그스름했으며 얼굴 양쪽에는 반백의 수염을 길렀다.

키가 크고 태도는 억세고 단호하며 목소리 톤이 높고 결단력 있는 루아조 부인은 상점 내에서 질서와 계산의 화신으로 통했다. 한편 남편 쪽은 타고난 쾌활성으로 상점에 활기를 주었다.

그들 옆에는 좀 더 신분이 높은 카레라마동이 위엄 있게 앉아 있었다. 이 사람은 제사 공장을 세 개나 운영하는 면직업계의 유력 인사로 4등 레지옹도뇌르 훈장 소지자이자 도의회 의원이었다. 그는 제2제정 시대[3] 내내 온건 야당의 당수였다. 그가 야당 노릇을 한 것은 본인 말처럼 "예절 바른 싸움"으로써 협조에 대한 대가를 받기 위해서였을 뿐이다. 남편보다 훨씬 젊은 카레라마동 부인은 루앙에 주둔하는 명문가 자제들의 위안이었다.

너무도 조그맣고 귀여운 자태로 남편 맞은편에 앉은 그녀는 모피 속에 몸을 움츠린 채 심란한 눈으로 마차의 초라한 내부를 바라보았다.

그 곁의 위베르 드 브르빌 백작 부부는 노르망디에서 둘째가라면 서러워할 유서 깊은 귀족 출신이었다. 백작은 훌륭한 풍채의 노신사로, 몸치장의 기교를 통해 자신과 앙리 4세[4]

3 1852~1870년. 나폴레옹 1세의 조카 루이 나폴레옹이 황제로 군림하던 시기.

4 16세기 말에서 17세기 초에 재위한 프랑스 왕.

의 닮은 점을 강조하려 했다. 이 가문에 내려오는 영광스러운 전설에 따르면 앙리 4세가 브르빌 집안의 부인을 임신시켰는데, 그 덕에 그녀의 남편이 백작을 거쳐 도지사가 되었다.

카레라마동과 마찬가지로 도의회 의원인 브르빌 백작은 도의회의 오를레앙당[5] 대표였다. 그가 낭트의 소규모 선주의 딸과 결혼하게 된 곡절은 언제까지나 수수께끼로 남아 있었다. 그러나 백작 부인은 풍채가 당당했고 어느 누구보다도 손님을 잘 접대했으며, 심지어는 루이 필리프[6]의 아들 한 명에게서 사랑받았다는 소문조차 있었기에 모든 귀족들에게서 환대받았고, 그녀의 살롱은 이 지역 제일로 통했으며 전통 예절이 그대로 남아 있고 출입이 어려운 유일한 곳으로 알려져 있었다.

브르빌의 재산은 모두 부동산으로 연 수입이 50만 프랑에 달한다는 소문이었다.

이 여섯 사람이 바로 마차 안쪽에 자리 잡은 사람들로 모두 연금을 받는 평온하고 유력한 사회, 즉 종교와 사상이 있는 권위 있는 신사들의 사회에 속해 있었다.

공교롭게도 여자들은 모두 같은 쪽 의자에 앉았다. 이들 외에도 백작 부인 곁에는 「주기도문」과 「아베 마리아」를 중얼거리며 긴 묵주 신공을 바치는 두 수녀가 있었다. 한 명은 산탄총을 맞기라도 한 듯 천연두로 얼굴이 얽은 늙은 수녀였다. 다른 수녀는 몸집이 작고 허약했으며 순교자와 종교적 환상가를 만드는 극심한 신앙에 시달린 결핵 환자같이 가슴 위로 예쁘지만 병약한 얼굴을 들고 있었다.

5 부르봉 왕가의 작은 집인 오를레앙 공작 집안을 왕으로 옹립하려는 당파.

6 1830~1848년 동안 재위한 프랑스의 왕.

수녀들 맞은편에 앉아 있는 한 남자와 여자는 모든 시선을 끌었다.

남자는 저명인사들의 골칫덩이인 유명한 민주주의자 코르뉘데였다. 이십 년 전부터 그는 모든 민주 카페의 맥주잔에 적갈색 수염을 적셔 왔다. 과자점 주인이었던 아버지로부터 물려받은 상당한 재산을 동지 및 친구와 먹어 없애고, 그처럼 혁명적 소비를 한 사람이면 의당 받아야 할 자리를 얻고자 공화정의 개시를 초조하게 기다렸다. 9월 4일[7]에는 아마도 누군가의 장난이었겠지만, 자신이 도지사로 임명되었다고 생각했다. 그러나 부임하려고 하자, 그곳에 끝까지 남아 있던 관청 사환들이 인정해 주지 않는 바람에 부득이 물러 나올 수밖에 없었다. 그는 호인인 데다가 악의가 없고 남의 일을 잘 도와주는 사람이어서 매우 열성적으로 방위 업무를 지휘했다. 들판에 구멍을 파게끔 지시하고, 근처 숲의 어린나무를 모두 베어 넘어뜨리고, 모든 도로에 함정을 설치했다. 그러나 적군이 다가오자 준비 작업에만 만족한 채 재빨리 도시로 퇴각했다. 그는 지금 새로운 방어 진지를 필요로 하는 르아브르에 가서 한층 유용한 일을 하려고 생각하고 있었다.

여자는 매춘부라고 불리는 이로, 젊은 나이에 매우 뚱뚱한 것으로 유명했으며, 이 때문에 비곗덩어리라는 별명이 있었다. 키가 작고 몸 전체가 통통한 비계 같았다. 살찐 손가락은 마디마디가 잘록해서 마치 작은 소시지를 염주처럼 꿰어 놓은 것 같았으며 피부는 탄력 있고 윤기가 흘렀다. 그리고 거대한 젖가슴은 옷 속에서부터 불쑥 솟아 있었다. 그럼에도 그

7 1870년. 제3공화국 선포의 날.

런대로 매력이 있었고 인기도 있었다. 싱싱한 모습은 보기에도 즐거웠다. 그녀의 얼굴은 빨간 사과 같았고 막 피어나려는 모란 봉오리 같았다. 위쪽으로는 그림자를 드리우는 긴 속눈썹 그늘 아래 멋진 검은 눈이 열려 있었고, 아래쪽에는 반짝이는 작은 이빨들을 덮은 작고 매력적인 입술이 키스를 기다리듯 젖어 있었다.

소문으로는 그녀에게 이 밖에도 미묘한 장점이 많았다.

그녀를 알아본 정숙한 여자들은 곧 수군거리기 시작했다. 이들이 "매춘부", "공공의 수치" 같은 말들을 너무 크게 발음하는 바람에 그녀는 고개를 들었다. 그러고는 매우 도전적이고 대담한 시선을 옆 사람들에게 던졌다. 그 서슬에 모두들 입을 닫고 눈을 내리깔았다. 다만 루아조만이 즐거운 표정으로 그녀의 동정을 살폈다.

그러나 곧 세 부인 사이에 대화가 재개되었다. 이 매춘부의 존재가 갑자기 그녀들을 친구로 만들고 거의 친밀감까지 느끼게 했던 것이다. 그녀들은 이 파렴치한 창녀 앞에서 아내들의 위엄으로 결속해야 할 의무감을 느꼈다. 합법적인 사랑은 언제나 자유로운 사랑을 멸시하기 때문이었다.

마찬가지로 세 남자도 코르뉘데를 보고 보수당원의 본능으로 서로 가까워져서 가난한 사람들을 무시하는 어조로 돈 이야기를 하기 시작했다. 브르빌 백작은 프로이센인이 끼친 피해, 도둑맞은 가축과 망친 농사의 손실에 대해 그런 정도의 피해는 일 년 안에 회복할 수 있는 대부호, 즉 백만장자보다 열 배는 부유한 사람이나 보일 만한 자신만만한 태도로 이야기했다. 방적업에서 큰 피해를 입은 카레라마동은 만일에 대비하여 60만 프랑을 영국에 보내 두었다. 루아조로 말할 것 같으면 창고에 남아 있던 저급 포도주를 전부 프랑스군 병참부에 팔았는데 대금을 받지 못했다. 그래서 르아브르에 가서 국가로부터 그 막대한 대금을 받으려는 작정이었다.

이들 세 사람은 우정 어린 시선을 재빨리 주고받았다. 사회적 신분은 달랐지만 이들은 돈으로 맺어진 형제애를 느꼈다. 바지 주머니에서 금화 소리가 나는 유산자들의 위대한 동지 의식이었다.

마차가 하도 느리게 가는 바람에 그들은 10시가 되어서도 겨우 15킬로미터밖에 가지 못했다. 남자들은 세 번씩이나 마차에서 내려 언덕길을 걸어 올라가야 했다. 사람들은 초조해지기 시작했다. 토트에서 점심을 먹을 요량이었는데 이렇게 간다면 밤이 되기 전에 도착하기는 어려울 것 같았다. 길가에 음식점이라도 있나 살펴보던 차에 엎친 데 덮친 격으로 마차가 눈구덩이에 빠져서, 끌어내는 데만 두 시간이 걸렸다.

시장기가 돌자 모두들 산란해졌다. 그렇지만 눈을 씻고 봐도 식당은 보이지 않았다. 프로이센군과 허기진 프랑스군 때문에 모두 겁먹은 것이었다.

남자들이 길가 농가에 먹을 것을 사러 갔지만 빵조차 구할 수 없었다. 무엇이든지 닥치는 대로 빼앗아 먹는 군인들에게 약탈당할까 봐 음식을 모두 숨겨 놓았기 때문이다.

오후 1시쯤 루아조가 몹시 시장하다고 말했다. 모두 오래전부터 같은 고통에 시달렸다. 점점 더 커져 가는 음식에 대한 격렬한 욕망 때문에 대화마저 뚝 끊겼다.

누군가 하품이라도 할라 치면 곧 다른 사람에게 전염이 되었다. 모두 차례로 각자의 개성과 예의범절 그리고 사회적 신분에 따라서 소리를 내며 입을 찢어지게 벌리거나 하품이 나오는 구멍에 손을 갖다 대며 얌전을 뺐다.

비곗덩어리는 벌써 몇 번이나 치마 밑에서 무엇을 찾는 것처럼 몸을 굽힌 후 잠시 망설이다 옆 사람들을 쳐다보고는 다시 조용히 몸을 일으켰다. 사람들의 얼굴은 창백했고 일그러져 있었다. 루아조는 햄 한 개에 1000프랑을 내겠다고 했다. 그의 아내는 반박할 듯한 몸짓을 하다가 그만두었다. 그녀는 돈을 낭비하는 이야기를 들으면 언제라도 속이 상해서 농담조차도 받아들이지 못했다. "사실은 나도 속이 편치 않아요. 어쩌자고 음식 가져올 생각을 못했을까?" 백작이 말했다. 실제로 모두들 그렇게 자책하고 있었다.

코르뉘데는 럼주가 가득 든 수통을 가지고 있었다. 그가 권했지만 사람들은 냉정하게 거절했다. 루아조만이 두어 모금 마시고는 돌려주며 고맙다고 했다. "그만해도 좋군요. 몸이 더워지고 허기를 감해 주니까요." 술기운에 기분이 좋아진 그는 노랫말에 나오는 작은 배에서처럼 제일 살찐 사람을 잡아먹자고 했다. 비곗덩어리를 간접적으로 겨냥한 이 말은 교양 있는 사람들에게 불쾌감을 주었다. 그래서 아무도 대답하지 않았다. 다만 코르뉘데만이 미소를 지었다. 두 수녀는 묵주 신공 읊기를 그치고 넓은 소매 속에 두 손을 찌른 채 완강히 눈을 내리깔고 꼼짝도 않았다. 아마도 그들에게 내려진 이 고통을 하늘에 바치는 모양이었다.

3시쯤 그들이 마을이라고는 보이지 않는 끝없는 들판 한가운데에 도달했을 때 비곗덩어리는 마침내 결심이라도 한 듯 재빨리 몸을 굽히고 의자 밑에서 흰 수건으로 덮인 커다란 바구니를 끄집어냈다.

그녀는 먼저 작은 도자기 접시 하나와 은으로 만든 멋있는 잔 하나를 꺼냈다. 그리고 젤리 소스에 버무린 토막 낸 닭 두 마리가 들어 있는 커다란 항아리를 꺼냈다. 바구니에는 잘 싸인 다른 맛있는 음식들도 여럿 보였다. 고기 파이, 과일, 과자 등 여행하는 사흘간 여인숙의 음식을 먹지 않으려고 준비한 것들이었다. 음식물 꾸러미 사이로 병 주둥이 네 개가 비죽 내다보였다. 그녀는 닭 날개를 집어 들고는 노르망디에서 '레장스'라고 부르는 작은 빵과 함께 얌전히 먹기 시작했다.

모든 시선이 그녀에게 쏠렸다. 음식 냄새가 퍼지자 사람들은 콧구멍이 벌름거리고 귀밑 턱뼈가 수축되는 고통과 함께 입안에 가득 고이는 침을 느꼈다. 이 창녀에 대한 부인들의 멸시는 사나운 적의로 변했고, 이들은 그녀를 죽여 버리거나 마차 밖 눈 위로 내동댕이치고 싶어졌다. 그녀와 컵, 바구니, 음식물 모두를.

그러나 루아조는 닭이 든 바구니를 뚫어지게 쳐다보았다. 그가 말했다. "참 잘하셨군요. 부인은 우리보다 준비성이 있으시군요. 언제나 용의주도하게 생각하는 사람이 있기 마련이죠." 그녀가 머리를 들어 그를 보며 말했다. "좀 드시겠어요? 아침부터 아무것도 안 드셨으니 힘드실 거예요." 그가 인사를 했다. "솔직히 거절할 수가 없군요. 더 이상 참을 수가 없어요. '전시에는 전시에 맞도록'이란 말도 있지 않습니까, 부인?" 그러고는 주위를 한 바퀴 둘러보고 나서 덧붙였다. "이런 때에 도와주는 사람을 만나는 건 행운이지요." 그는 바지를 더럽히지 않기 위해서 가지고 있던 신문을 무릎 위에 펴놓고 항상 주머니에 넣어 다니는 칼을 꺼내어 칼끝으로 젤리가 번질거리는 닭 다리를 들어 한입 베어 물고 만족스럽게 씹기 시작했다. 마차 속 어디선가 괴로운 긴 한숨 소리가 들렸다.

비곗덩어리는 겸손하고도 부드러운 목소리로 수녀들에게 음식을 권했다. 그들은 모두 즉각 응낙하고는 몇 마디 감사의 말을 중얼거린 다음, 눈도 들지 않고 허겁지겁 먹기 시작했다. 코르뉘데 역시 옆자리에 앉은 그녀의 권유를 거절하지 않았다. 그러고는 수녀들과 함께 무릎 위에 신문지를 펴 식탁 비슷하게 만들었다.

입들이 쉴 새 없이 열리고 닫혔다. 모두들 정신없이 집어넣고 씹고 삼켰다. 안쪽에 떨어져 앉은 루아조 역시 질세라 열심히 먹어 댔다. 그러다가 조그만 소리로 아내에게도 먹으라고 권유했다. 그녀는 오랫동안 거절했지만 창자가 경련을 일으키자 도리가 없었다. 그러자 남편은 비곗덩어리를 "매력적인 동행인"이라고 부르면서 자기 아내에게도 한 조각을 줄 수 있는지 물었다. "그럼요, 물론이죠." 상냥한 미소를 지으면서 그녀는 단지를 내밀었다.

첫 번째 포도주 병을 땄을 때 문제가 생겼다. 컵이 하나밖에 없었던 것이다. 그래서 마신 다음에는 닦아서 다음 사람에게 주었다. 코르뉘데만이 여자에 대한 예의로 비곗덩어리의 입술에 닿아 아직 물기가 남은 데다 입술을 대고 마셨다.

음식을 먹고 있는 사람들에 둘러싸여 음식 냄새로 고통을 받게 된 브르빌 백작 부부와 카레라마동 부부는 지독한 탄탈로스[8]의 고통을 맛보았다. 갑자기 젊은 카레라마동 부인이 한숨을 내쉬는 바람에 모두들 고개를 돌렸다. 그녀의 안색은 바깥에 쌓인 눈처럼 창백했다. 그녀의 눈이 감기고 고개가 떨어

8 그리스 신화에 나오는 제우스의 아들로 턱까지 물에 잠겨 있으면서도 물을 마시려고 하면 수위가 내려가 마실 수 없게 되는 형벌을 받았다.

졌다. 정신을 잃었던 것이다. 그녀의 남편은 깜짝 놀라 모두에게 도움을 청했다. 모두들 허둥대기만 했다. 그때 나이 든 수녀가 침착하게 환자의 머리를 받치고는 비곗덩어리의 컵 속에 든 포도주를 몇 방울 입안에 흘려 넣었다. 예쁜 부인은 몸을 움직이며 눈을 떴다. 그러고는 죽어 가는 목소리로 이제는 괜찮다고 했다. 그러나 늙은 수녀는 또다시 그런 일이 일어나면 안 된다면서 컵에 든 포도주를 다 마시게 했다. "허기 때문이지 딴게 아니에요." 수녀가 덧붙였다.

그러자 비곗덩어리는 난처해서 얼굴을 붉히고 아무것도 먹지 않고 있는 네 사람을 바라보면서 중얼거렸다. "어쩌나, 저분들께도 드리면 좋겠지만……" 그녀는 봉변이라도 당할까 두려워 입을 다물었다. 루아조가 말을 받았다. "그럼 물론이죠, 이런 경우에는 모두 형제지요. 서로 도와야만 합니다. 자, 부인님들, 내숭일랑 그만두시고 받아들이세요. 오늘 밤 쉬어 갈 집을 찾을 수 있을지 없을지도 모르잖습니까? 이렇게 가다가는 내일 정오 전에 토트에 닿지 못할 겁니다." 사람들은 망설이기만 했지 아무도 감히 "좋습니다."라고 말하는 책임을 지려고 하지 않았다. 마침내 백작이 문제를 딱 잘라 해결했다. 그는 겁먹은 뚱보 창녀 쪽으로 얼굴을 돌리고는 거만한 귀족의 태도로 말했다. "감사히 받아들이겠소, 부인."

첫발이 힘들었을 뿐 일단 루비콘 강을 건너고 나자, 이제 체면이고 뭐고 없었다. 비곗덩어리는 바구니에 있던 것을 모두 꺼냈다. 거기에는 아직도 거위 간으로 만든 파이, 종달새고기 파이, 훈제한 소 혀 한쪽, 크라산[9] 몇 개, 퐁레베크산 치

9 배의 한 종류. 11월이나 12월이 되어야 익는다.

즈 한 덩이, 비스킷 그리고 여자들 대부분이 그러듯이 생야채를 좋아하는 비곗덩어리가 잊지 않고 챙겨 넣은 식초에 절인 작은 오이와 양파가 가득 찬 컵 등이 남아 있었다.

그녀의 음식을 먹으면서 그녀에게 말을 건네지 않을 수는 없었다. 그래서 이야기가 시작되었다. 처음에는 마지못해 한 것인데 그녀가 계속 예의 바른 태도를 취하자 더욱 활발한 대화가 이어졌다. 처세술이 뛰어난 브르빌 백작 부인과 카레라 마동 부인은 품위 있고 상냥하게 대했다. 특히 백작 부인은 누구와 교제해도 명예가 손상되지 않는 대귀족 부인들이 아랫것들에게 보이는 친절하고 상냥한 태도를 취했다. 그러나 심성이 건방지고 까다로우며 건장한 루아조 부인은 여전히 떨떠름한 태도로 말은 별로 않고 부지런히 먹기만 했다.

자연히 전쟁이 화제로 떠올랐다. 프로이센인들의 잔혹한 행위와 프랑스인의 용감한 행위가 언급되었다. 이들 도망자들은 모두 다른 사람들의 용기를 칭찬했다. 이윽고 개인적인 얘기가 시작되었다. 비곗덩어리는 창녀들이 자신들의 격앙된 감정을 나타낼 때 내보이곤 하는 격정적인 말투로 진실한 감정을 넣어 자신이 어떻게 해서 루앙을 떠나게 되었는지를 이야기했다. "처음에는 그럭저럭 지낼 줄 알았어요. 식량도 넉넉히 있고 해서 정처 없이 떠나느니 군인 몇 명 먹이는 게 낫겠다고 생각했죠. 그렇지만 막상 프로이센인들을 대하고 보니 참을 수가 없더군요. 화가 나서 피가 끓어오르고 치욕스러워서 온종일 울었어요. 아! 내가 남자라면, 정말이지! 뾰족한 철모를 쓴 뚱뚱한 돼지 같은 그놈들을 창문으로 바라볼 때면 그놈들 등짝에다 아무거나 내던지고 싶더군요. 하녀가 내 손을 붙잡는 바람에 그러지 못했지요. 그러다 그놈들이 우리 집에 묵으러 왔어요. 그래서 맨 먼저 들어오는 놈 목에 달려들었지요. 그놈들이라고해서 다른 사람들보다 목 졸라 죽이기 어려울 것도 없잖아요! 누군가가 내 머리채를 잡지만 않았다면 해쳤을 거예요. 그런 일이 있은 후로는 숨어 지내야 했어요. 그러다가 기회가 생겨서 이렇게 떠나게 된 거예요."

사람들은 그녀를 크게 칭찬했다. 그들은 그녀를 다시 보았다. 자신들보다도 훨씬 용감했던 것이다. 코르뉘데는 그녀의 이야기를 들으면서 예수님의 사도 혹은 신을 찬양하는 신도의 말을 듣는 신부와도 같이 찬동과 호의가 어린 미소를 짓고 있었다. 신부들이 종교에 대한 독점권을 지닌 것과 마찬가지로 수염을 길게 기른 민주주의자들은 애국심에 관한 한 자기들에게만 독점권이 있다고 생각했기 때문이다. 그는 매일 벽에 나붙는 성명서에서 배운 과장된 표현을 섞어 가며 교조적인 어조로 이야기하기 시작했다. 그러고는 "바댕게의 방탕아"[10]에 대한 욕으로 장중하게 끝을 맺었다.

그러자 비곗덩어리가 발끈 화냈다. 그녀는 보나파르트주의자였던 것이다. 그녀는 버찌보다 빨개져서 말까지 더듬었다. "당신들이 그분의 자리에 있었더라면 어떻게 했을지 보고 싶군요. 정말이지! 볼만했을걸요. 그분을 배반한 건 바로 당신들이라고요! 당신들 같은 건달들이 통치한다면 나는 프랑스를 떠날 수밖에 없을 거예요!" 코르뉘데는 깔보는 듯한 거만한 미소를 태연하게 짓고 있었다. 거친 말이 튀어나올 것 같았기에 백작이 개입하여 모든 진지한 의견은 존중되어야 한다고 권위 있게 말함으로써 간신히 그녀의 분노를 진정했다.

10 나폴레옹 3세의 별명.

그러나 백작 부인과 공장주의 아내는 공화정에 지체 높은 사람들이 품는 무근한 증오심과 화려하고 전제적인 정부에 대한 여성 공통의 본능적 애착 덕에 자신들과 너무도 비슷하게 느끼는 이 당당한 매춘부에게 어쩔 수 없이 호감이 갔다.

바구니가 바닥났다. 바구니가 더 크지 않은 것을 아쉬워하면서 열 사람이 거뜬히 비워 버렸다. 음식을 다 먹고 나자 대화의 맥이 빠지기 시작했고, 얼마 후에는 그마저도 그쳤다.

밤이 오고 어둠은 점점 깊어 갔다. 소화가 되는 동안 추위가 더욱 심하게 느껴져서 비곗덩어리는 비계가 두꺼운데도 덜덜 떨었다. 그러자 브르빌 부인이 아침부터 여러 번 석탄을 갈아 넣은 자신의 발난로를 권했다. 비곗덩어리는 즉시 받아들였다. 발이 꽁꽁 얼었기 때문이다. 카레라마동 부인과 루아조 부인은 수녀들에게 자신들의 것을 주었다.

마부는 어느 사이엔가 등불을 켜 놓았다. 그 밝은 불빛은 땀에 절은 말 엉덩이 위로 구름처럼 피어나는 수증기를 비추었다. 길 양편에 쌓인 눈이 움직이는 불빛을 따라 양탄자처럼 앞으로 펼쳐지는 듯했다.

이제 마차 안에서는 아무것도 분간할 수 없었다. 갑자기 비곗덩어리와 코르뉘데 사이에서 뭔가가 움직였다. 어둠 속을 더듬던 루아조는 그 수염 기른 남자가 얻어맞기라도 한 듯 갑자기 몸을 떼는 모습을 본 것도 같았다.

길 앞쪽에 작은 불빛들이 나타났다. 토트였다. 달린 시간만 열한 시간인 데다 그사이 말에게 귀리를 먹이고 숨 돌리게 하기 위해 네 번을 멈추어 쉬느라 두 시간을 보냈으니 도합 열세 시간이 걸렸다. 그들은 마을로 들어가 코메르스 호텔 앞에서 멈추었다.

마차 문이 열렸다. 여행객들은 귀에 익은 소리가 들려오는 바람에 소스라치게 놀랐다. 땅에 칼집이 부딪히는 소리였다. 곧 어느 프로이센인이 뭐라고 소리치는 것이 들렸다.

마차는 완전히 정지했지만 아무도 내리지 않았다. 나가면 죽임이라도 당할 것처럼. 마부가 등불을 손에 들고 나타났다. 갑자기 마차 안이 밝아지면서 두 줄로 앉은 승객들의 질린 얼굴이 드러났다. 모두들 입이 헤벌어지고 놀라움과 공포로 눈알이 튀어나올 듯했다.

마부 옆에는 프로이센 장교 한 명이 불빛을 받으며 서 있었다. 비쩍 마른 데다 금발이고 키 큰 젊은 장교는 코르셋처럼 꼭 끼는 군복을 입고 납작한 방수모를 비스듬히 쓴 품이 꼭 영국의 호텔 보이 같았다. 게다가 콧수염은 어울리지 않게 요란스러웠다. 곧고 길게 시작해서 양쪽 끝으로 갈수록 턱없이 엷어졌다. 맨 가장자리에는 너무 얇아서 어디가 끝인지 분간할 수도 없는 노란 털 한 가닥밖에 없을 정도였다. 이 수염 때문에 입술 가장자리가 짓눌려 보였고 뺨이 늘어지고 입술에 주름이 진 것 같아 보였다.

그는 "신사 숙녀 여러분, 내리시죠."라고 딱딱하게 얘기하고는 알자스 억양의 프랑스어로 여행객들에게 나오기를 종용했다.

순종의 습관이 밴 성녀들답게 수녀들이 제일 먼저 복종했다. 그다음으로 백작과 백작 부인이 내렸고 공장주와 그의 아내가 뒤를 따랐으며 루아조가 자신의 커다란 반려자를 떠밀면서 나왔다. 땅에 내려서면서 루아조는 예의라기보다는 만일을 생각하는 용의주도한 마음에서 장교에게 "안녕하십니까?" 하고 인사했다. 상대방은 절대 권력을 지닌 사람들이 으레 그러듯 대꾸 없이 무례하게 그를 쳐다보았다.

비곗덩어리와 코르뉘데는 문 옆에 있었지만 근엄하고 거만한 태도로 맨 나중에 내렸다. 여자는 스스로를 자제하여 침착하려고 노력했으며 남자는 조금 떨리는 손으로 본인의 긴 갈색 수염을 만지작거렸다. 이런 경우에는 누구나 어느 정도 모국을 대표한다고 생각했기에 품위를 지키고 싶었던 것이다. 동행인들의 순종에 분개한 이들 두 사람은 각자 나름대로 이를 나타내 보이려 했다. 여자는 곁에 있는 정숙한 여자들보다 오만하게 보이려 애썼고 남자는 다른 사람들에게 모범을 보여야 한다는 생각에 길을 파헤칠 때부터 시작된 저항의 사명을 본인 태도 전반으로 나타냈다.

일행은 여인숙의 널따란 부엌으로 들어갔다. 프로이센인은 총사령관이 서명한 출발 허가증을 넘겨받은 다음, 거기에 쓰인 여행자들의 이름과 특징, 직업을 훑어보며 오랫동안 서류와 사람을 대조했다.

그러고는 갑자기 "좋소."라고 말하고는 사라졌다.

그제야 사람들은 안도의 숨을 내쉬었다. 또다시 배가 고파졌기에 저녁 식사를 주문했다. 식사 준비에는 삼십 분 정도 걸리므로 두 하녀가 식사를 준비하는 동안 사람들은 방을 보러 갔다. 방들은 모두 긴 복도 하나에 면해 있었는데 복도 끝에는 뜻을 알 만한 번호가 적힌 유리문이 있었다.

마침내 모두 식탁에 앉으려는데 여인숙 주인이 나타났다. 그는 예전에 말 장사를 하던 천식을 앓는 뚱뚱한 남자로 항상 씩씩거리는 쉰 목소리를 냈으며, 목구멍 속에서는 가래 끓는 소리가 났다. 그의 아버지는 아들에게 폴랑비라는 이름을 물려주었다.

그가 물었다.
"엘리자베트 루세 양이 누구시죠?"
비곗덩어리는 깜짝 놀라 돌아보았다.
"전데요."
"아가씨, 프로이센 장교가 지금 아가씨를 좀 보자는데요."
"저를요?"
"네, 엘리자베트 루세 양이 맞다면요."
그녀는 당황했지만 잠시 생각하더니 잘라 말했다.
"맞긴 하지만 안 갈래요."
주위에서 사람들이 술렁거렸다. 각자 이 명령의 이유를 짐작하느라 의견이 분분했다. 백작이 그녀 곁으로 다가왔다.
"아가씨, 그러면 안 됩니다. 거절하면 아가씨뿐 아니라 다른 이들에게도 피해가 갑니다. 강자에게 저항하면 안 돼요. 아무 문제 없을 겁니다. 아마 수속상 잊은 부분이 있었겠지요."
사람들이 모두 합세해 그녀에게 간청하고 재촉하고 설교하는 바람에 마침내 그녀는 설복했다. 그들은 모두 순간적 변덕 탓에 생길지도 모르는 문제를 두려워했다.
"제가 가는 건 순전히 여러분을 위해서예요!"
백작 부인이 그녀의 손을 잡았다.
"그래서 우리는 아가씨에게 감사하고 있어요."
그녀가 밖으로 나갔다. 사람들은 식사를 하지 않고 그녀를 기다렸다. 저마다 이 과격하고 성마른 여자 대신 자기가 불려 가지 않은 데 애석해하면서 혹시라도 자기가 불려 갈 경우에 대비하여 마음속으로 여러 가지 진부한 말을 준비했다.
십 분 후 그녀가 씩씩거리며 나타났다. 분노로 얼굴이 붉으락푸르락하는 것이 당장이라도 숨이 넘어갈 듯했다. 그녀가 중얼거렸다. "아, 나쁜 놈! 나쁜 놈!"

모두들 무슨 일이냐고 물었지만 그녀는 아무 말도 하지 않았다. 백작이 자꾸 다그치자 그녀는 점잖은 말로 물리쳤다. "아뇨, 여러분과는 상관없는 일이에요. 말할 수 없어요."

그래서 사람들은 배추 냄새가 풍기는 커다란 수프 그릇 주위에 둘러앉았다. 식사 선의 사건에도 불구하고 저녁 식사는 즐거웠다. 사과주도 맛이 좋았다. 루아조 부부와 수녀들은 돈을 아끼기 위해 그것을 마셨지만 다른 사람들은 모두 포도주를 주문했다. 코르뉘데는 맥주를 청했는데 그가 맥주를 마시는 방법은 매우 유별났다. 먼저 병마개를 따서 잔에 거품이 나게 따른 다음, 잔을 기울여 들여다보고 또다시 등불 가까이로 들어 올려 색깔을 살펴보았다. 그러고는 마시기 시작하는데 그럴 때면 그가 좋아하는 술 빛깔을 띤 긴 수염이 사랑에 부르르 떠는 것 같았다. 잠시라도 술잔을 놓치지 않으려고 계속해서 바라보는 바람에 눈은 사팔뜨기가 되었다. 그런 그를 보노라면 오직 이것을 위해서 태어난 사람같이 느껴질 지경이었다. 그에게 있어 자신의 생활 전체를 차지하는 두 가지 커다란 열정, 즉 맥주와 혁명 사이에는 밀접한 상관관계가 있는 듯했다. 맥주를 음미하면서 혁명을 생각하지 않는 일은 결코 없었기 때문이다.

폴랑비 부부는 식탁 맨 끝에서 식사했다. 남편 쪽은 폐가 나빠서 고장 난 기관차처럼 헐떡거리느라 식사하면서 얘기할 여력이 없었다. 그러나 아내 쪽은 결코 말을 그치는 일이 없었다. 그녀는 프로이센인들이 도착했을 때의 인상과 그들의 언행에 대해 빠짐없이 늘어놓았다. 그녀는 그들을 증오했다. 첫째로 그들 때문에 돈이 들기 때문이고 둘째로는 아들 둘이 군대에 가 있기 때문이었다. 그녀는 지체 높은 부인과 얘기하고 싶어서 주로 백작 부인에게 말을 걸었다.

그런 다음 그녀는 민감한 문제에 대해 이야기하느라 목소리를 낮추었다. 그녀의 남편은 때때로 그녀에게 "부인, 입 다무는 게 좋을 텐데." 하며 제지했다. 그러나 그녀는 아랑곳하지 않고 계속 말했다.

"그래요, 부인, 그 사람들은 감자와 돼지, 또 돼지와 감자밖에는 안 먹어요. 게다가 깨끗하기나 한 줄 아세요? 천만의 말씀이지요. 이런 말씀드리기 뭣하지만 아무 데서나 볼일을 본다니까요. 게다가 몇 시간이고 며칠이고 계속하는 훈련을 보신다면! 들판에 모여서는 그저 앞으로 갓, 뒤로 갓, 좌향좌, 우향우 하는 식이라니까요. 밭이라도 갈든가, 자기네 나라에서 길이라도 닦는다면 또 모를까! 그렇지만 부인, 저 군인들은 누구에게도 도움이 안 돼요! 가난한 사람들이 사람 죽이는 거나 배우는 군인들을 먹여 살려야 하다니! 저는 무식한 할망구지만 그래도 아침부터 저녁까지 죽어라고 발로 땅만 다지는 모습을 보면 절로 이런 생각이 들어요. 이 세상에는 유용한 여러 가지 발견을 하는 사람도 많은데 저 사람들은 왜 해로운 일을 위해서 저 고생을 할까 하는 생각이요. 정말이지 프로이센 사람이건 영국 사람이건 폴란드 사람이건 프랑스 사람이건, 어쨌든 사람을 죽이다니 흉악하잖아요? 우리가 잘못한 사람에게 원수를 갚으면 우린 잘못했다고 벌을 받겠지요. 그런데 우리 아들들을 사냥하듯이 총으로 쏴 죽이면 잘했다면서 제일 많이 죽인 사람한테 훈장을 주다뇨? 정말이지 이해할 수가 없어요."

코르뉘데가 목소리를 높였다.

"평화롭게 잘 사는 이웃 나라를 공격하는 전쟁은 만행이지만 조국을 지키는 전쟁은 신성한 의무입니다."

여인숙 주인 노파는 고개를 떨구었다.

"그래요, 자신을 방어할 때는 얘기가 다르죠. 그렇지만 그보다는 차라리 자기들의 즐거움을 위해 그런 짓을 하는 왕들을 모두 죽이는 게 어떨까요?"

코르뉘데의 눈이 빛났다.

"여성 동지 만세!" 그가 말했다.

카레라마동은 깊은 생각에 잠겼다. 그는 고명한 장군들을 열렬히 숭배하지만 촌부의 얘기에도 일리가 있었다. 무위도식하느라 비용만 많이 드는 이 사람들을, 전혀 비생산적으로 사용하는 이 노동력을, 결실을 맺는 데 몇백 년이 걸릴 거대한 산업에 투입한다면 국가에 얼마나 큰 이익이 될 것인가?

그동안 루아조는 제자리를 떠나 여인숙 주인 남자에게 다가가서 낮은 소리로 이야기를 나누었다. 뚱보 주인은 웃고 기침하고 가래침을 뱉었다. 루아조의 농담에 웃음이 터진 그의 거대한 배가 출렁거렸다. 그는 봄에 프로이센인이 철수하면 루아조에게서 포도주 여섯 통을 사기로 했다.

사람들은 극도로 피곤했기 때문에 저녁 식사가 끝나자 바로 잠자리에 들었다.

그러나 루아조는 주위의 낌새를 관찰해 온 터라 아내에게 먼저 잠자리에 들라고 이르고는 열쇠 구멍에 눈과 귀를 차례로 갖다 대면서 자신이 "복도의 비밀"이라고 부르는 바를 알아내려 했다.

한 시간가량 지났을 때 옷자락 스치는 소리가 들렸다. 재빨리 살펴보니 흰 레이스로 단을 댄 푸른 캐시미어 잠옷을 입어 더욱 뚱뚱해 보이는 비곗덩어리가 손에 촛대를 들고 복도 끝 굵은 번호가 씐 쪽으로 가는 모습이 보였다. 그때 옆 방문이 빠끔히 열리더니 몇 분 후, 비곗덩어리가 돌아오자 셔츠 바람의 코르뉘데가 그녀 뒤를 따랐다. 그러고는 낮은 소리로 몇 마디 하더니 걸음을 멈추었다. 비곗덩어리는 그가 방에 들어오지 못하도록 완강히 막는 것 같았다. 불행히도 루아조에게는 그들의 말소리가 들리지 않았다. 그러나 마침내 그들이 목소리를 높인 덕에 몇 마디를 주워들을 수 있었다. 코르뉘데가 조급하게 졸라 댔다.

"이런, 바보 같으니, 당신과 무슨 상관이 있다고 그래요?"

그녀가 매우 화가 난 듯한 태도로 대답했다.

"안 돼요. 그런 짓을 해서는 안 되는 때가 있어요. 여기서는 수치스러운 일이 될 거예요."

그는 전혀 납득이 가지 않는 모양인지 그 이유를 물었다. 그러자 그녀는 화를 내면서 목소리를 더욱 높였다.

"왜냐고요? 왠지 몰라서 물어요? 이 집에 프로이센인들이 있는데, 어쩌면 옆방에 있는지도 모르는데 말이에요?"

그는 잠자코 있었다. 적이 가까이 있는 데서는 결코 애무를 받지 않겠다는 이 창녀의 애국심이 그의 가슴속에 스러져 가던 존엄성의 불씨를 지핀 것이리라. 그는 그녀에게 그저 키스만 하고 살금살금 자기 방으로 돌아갔다.

매우 흥분한 루아조는 열쇠 구멍에서 떨어져 방 안에서 껑충껑충 뛰었다. 그런 다음 머릿수건을 쓰고는 아내의 딱딱한 몸뚱이를 가린 덮개를 들추었다. 그가 "여보, 날 사랑해?" 라고 중얼거리며 키스하는 바람에 아내는 잠을 깼다.

여인숙 안이 조용해졌다. 그러나 곧 어디선가, 지하실인지 다락인지 방향을 종잡을 수 없는 데서 힘차고 단조로우며 규칙적인 코 고는 소리가 들려오기 시작했다. 둔하고 긴 소리 사이사이에 증기로 팽창한 보일러의 진동 같은 것이 섞였다. 폴랑비가 자는 것이었다.

이튿날은 아침 8시에 출발하기로 했기에 모두들 부엌에 모였다. 그러나 눈을 뒤집어쓴 마차만이 마당 한가운데 서 있을 뿐 말도 마부도 보이지 않았다. 사람들은 마구간과 마초 더미, 헛간을 뒤지며 마부를 찾았지만 허사였다. 그래서 남자들은 마을을 뒤져 보기로 하고 모두 밖으로 나갔다. 그들은 광장에 이르렀다. 광장 안쪽에는 성당이 있고 양쪽으로 낮은 집들이 줄지어 있었다. 그 집들 속에 프로이센 군인들이 보였다. 맨 처음에 눈에 띈 군인은 감자 껍질을 벗겼다. 좀 더 떨어진 곳에 있는 두 번째 군인은 이발소를 청소했었다. 눈 밑까지 수염이 덥수룩한 또 다른 군인은 우는 아이를 안아 무릎 위에 올려놓고 흔들며 달랬다. 남편들이 '전쟁 부대'에 나간 뚱뚱한 농부 아낙네들은 고분고분한 정복자들에게 손짓으로 할 일을 지시했다. 장작을 팬다든지 빵을 수프에 적신다든지 커피를 빻는 일 등등. 심지어 한 군인은 집주인 할머니의 빨래까지 해 주었다.

백작은 놀라서 사제관에서 나오는 성당지기에게 물어보았다. 노인이 대답했다. "아! 저들은 나쁜 사람들이 아니에요. 프로이센 사람들이 아니랍니다. 더 먼 데서 왔다더군요. 어딘지는 잘 모르겠지만요. 모두들 고향에 처자를 두고 왔답니다. 좋아서 전쟁을 하는 게 아니지요. 그곳에서도 남자들 때문에 울고 있을 거예요. 또 그곳도 우리들처럼 살기가 무척 어려울 게죠. 아직까지 이곳은 그리 나쁘지 않아요. 저 사람들이 나쁜 짓도 하지 않고 또 자기 집에서처럼 열심히 일해 주니까요. 어쩌겠어요, 불쌍한 사람들끼리 서로 도와야지요…… 전쟁이야 높은 사람들이 일으키는 거니까."

코르뉘데는 승자와 패자의 화합에 분개하여 돌아갔다. 여인숙에 틀어박혀 있는 편이 낫겠다고 생각하면서. 루아조가 우스갯소리를 했다. "저들은 번식을 하는군요." 카레라마동이 근엄하게 말했다. "그들은 속죄식을 하는 겁니다." 그러나 마부는 보이지 않았다. 마침내 마을 카페에서 장교의 당번병과 다정하게 앉아 있는 그를 찾아냈다. 백작이 물었다.

"8시에 말을 매라는 지시를 받지 않았는가?"

"그랬지요. 그런데 그 뒤에 또 다른 지시를 받았거든요."

"어떤 지시인가?"

"말을 매지 말라는 지시였지요."

"누가 그런 지시를 내렸는가?"

"누구긴 누구겠어요? 프로이센군 지휘관이지요."

"이유가 뭔가?"

"저는 모릅니다. 가서 직접 물어보세요. 저야 말을 매지 말라니까 안 맨 것뿐이니까요."

"그 사람이 직접 자네에게 말했나?"

"아뇨. 여인숙 주인이 그 사람 지시라면서 전해 주었어요."

"그게 언제지?"

"어제저녁 잠자리에 들려고 할 때였지요."

세 남자는 몹시 불안한 마음으로 돌아왔다.

이들은 폴랑비를 찾았지만 하녀는 그가 천식 때문에 10시 전에는 결코 일어나지 않는다고 대답했다. 게다가 불이라도 나기 전에는 절대로 깨우지 말라고 당부까지 해 놓은 터였다.

이들은 지휘관을 만나 보려고 했다. 그러나 이는 절대로 불가능한 일이었다. 지휘관은 같은 여인숙에 머물기는 했지만 민간인의 일에 대해서는 오직 폴랑비만이 그에게 말하게끔 제한되었기 때문이다. 그래서 이들은 기다렸다. 여자들은 자기 방으로 올라가 소일로 시간을 보냈다.

코르뉘데는 불이 활활 타는 부엌의 큰 벽난로 앞에 자리를 잡았다. 그는 그곳으로 작은 차 탁자와 맥주를 가져오게 한 후, 그 앞에 앉아서 파이프를 꺼내들었다. 그 파이프는 민주주의자들 사이에서 코르뉘데 자신의 명성에 비견할 만한 평판을 얻고 있었다. 파이프가 코르뉘데에게 유용성을 줌으로써 조국에 봉사하기라도 하는 것처럼. 그것은 근사하게 담뱃진이 밴 해포석 파이프로 주인의 치아만큼이나 새카맣지만 향기가 나고, 휘어진 데다가 윤이 반지르르하고 손에 착 감기는 것이 마치 그의 얼굴 일부분인 것 같았다. 그는 꼼짝도 않은 채 때로는 난로의 불꽃을, 때로는 맥주잔 위의 거품을 바라보았다. 그리고 한 모금 마신 다음에는 언제나 수염에 묻은 거품을 빨아들이면서 만족한 표정으로 가늘고 긴 손가락을 기름진 머리카락 사이에 집어넣는 것이었다.

루아조는 다리 운동을 한다는 핑계로 마을 소매상에 포도주를 팔러 갔다. 백작과 공장주는 정치 얘기를 하기 시작했다. 그들은 프랑스의 미래를 예측해 보았다. 한 사람은 오를레앙 당이 유력하다고 보았고 다른 사람은 전혀 새로운 사람, 즉 모든 것이 절망스러울 때 홀연히 나타나는 게슬랭이나 잔 다르크 혹은 나폴레옹 1세 같은 영웅에게 기대를 걸었다. 아! 황태자가 그렇게 어리지만 않았다면! 코르뉘데는 그들의 얘기를 들으면서 운명의 말을 아는 사람처럼 미소를 지었다. 그의 파이프 담배 냄새가 향기롭게 부엌을 떠돌았다.

10시가 되자 폴랑비가 나타났다. 모두들 그에게 질문을 퍼붓기 시작했다. 그러나 그는 똑같은 말만 두세 번 반복할 뿐이었다. "장교가 말하더군요. '폴랑비 씨, 내일 그 사람들 마차에 말을 매지 못하게 하세요. 내 명령 없이는 못 떠납니다. 알겠소? 그럼 됐소.'"

사람들은 장교를 만나려 했다. 백작은 명함을 보냈다. 카레라마동은 그 명함에다 자기 이름과 모든 직함을 써넣었다. 장교로부터 점심 식사 후인 1시쯤 두 사람을 만나겠다는 회답이 왔다.

부인들이 다시 나타났다. 사람들은 초조하게 식사를 조금 했다. 비곗덩어리는 아픈 듯 보였고 매우 당혹스러워했다.

식사 후 커피를 마실 때쯤, 전령이 두 사람을 데리러 왔다.

루아조도 합류했다. 면담에 무게를 싣기 위해 이들은 코르뉘데에게도 함께 갈 것을 권했지만 코르뉘데는 프로이센 사람과는 절대로 상종하지 않겠다면서 거만하게 거절했다. 그는 맥주 한 병을 더 주문한 다음, 난롯가로 되돌아갔다.

세 사람은 2층에 있는 여인숙의 가장 좋은 방으로 안내되었다. 장교는 안락의자에 비스듬히 드러누워 벽난로에 발을 올린 채 긴 도자기 파이프를 피우면서 이들을 맞았다. 그는 화려한 실내복으로 몸을 감쌌는데, 취향이 저속한 부르주아의 빈집에서 훔쳐 온 것이 분명했다.

그는 일어나지도 않고 인사도 하지 않았을 뿐만 아니라 방문객들을 쳐다보지도 않았다. 승리한 군인이 보이는 돼먹지 않은 태도의 전형적인 예였다.

한참 만에 드디어 그가 말했다.

"뭣 때문에 왔소?"

백작이 입을 열었다. "우리는 떠나고 싶습니다."

"안 되오."

"어떤 연유인지 말해 주실 수 있습니까?"

"허락하고 싶지 않기 때문이오."

"총사령관께서 디에프까지 가는 허가증을 주신 일은 아시겠지요. 그리고 우리는 이런 조치를 받을 만한 일은 하지 않았다고 생각합니다만."

"내 마음이오…… 그뿐이오…… 내려들 가시오."

세 사람은 모두 몸을 굽혀 인사하고 물러 나왔다.

비참한 오후였다. 이 프로이센인의 변덕을 도무지 이해할 수가 없었다. 여러 희한한 생각이 어지러이 떠올랐다. 모두들 부엌에 모여 말도 안 되는 상상을 하면서 끝없이 논란을 거듭했다. 인질로 잡아 두려는 걸까? 그렇지만 무슨 목적으로? 혹시 포로로 데려가려는 걸까? 아니면 어마어마한 몸값을 요구하려는 걸까? 그러자 모두들 공포에 휩싸였다. 부자일수록 그 정도가 심했다. 목숨을 구하느라 이 건방진 군인의 손에 금화가 가득 찬 자루들을 넘겨주는 장면이 눈앞에 보이는 듯했다. 그들은 부를 감추고 가난하게 보일 만한 그럴듯한 거짓말을 지어내느라 머리를 쥐어짰다. 루아조는 시계의 금줄을 빼서 주머니 속에 감추었다. 밤이 다가오자 사람들은 더욱 걱정스러워졌다. 등불이 켜졌다. 아직 저녁 식사까지는 두 시간이 남았기 때문에 루아조 부인은 31점 맞추기 카드놀이를 제안했다. 기분 전환이 될 것 같아 모두들 찬성했다. 코르뉘데마저도 예의를 지키느라 파이프를 끄고 판에 끼었다.

백작이 카드를 쳐서 돌렸다. 비곗덩어리가 단번에 31점을 모았다. 사람들은 머리를 짓누르는 두려움을 잊고 게임에 열중하기 시작했다. 코르뉘데는 루아조 부부가 서로 짜고 속임수를 쓰고 있다는 사실을 알아차렸다.

막 저녁 식탁에 앉으려는데 폴랑비가 다시 나타났다. 그는 가래 낀 목소리로 말했다. "프로이센 장교가 엘리자베트 루세 양에게 아직도 생각을 바꾸지 않았냐고 물어보라던데요."

비곗덩어리는 얼굴이 해쓱해졌다. 그러다가 갑자기 얼굴색이 홍당무가 되면서 분노로 숨이 막혀 말을 잇지 못했다. 마침내 그녀가 폭발하듯이 내뱉었다. "그 더러운 놈, 그 나쁜 놈, 그 프로이센 개자식에게 말하세요. 절대로 안 할 거라고요. 알겠죠? 절대로, 절대로, 절대로."

뚱보 여인숙 주인이 밖으로 나갔다. 그러자 사람들이 비곗덩어리를 둘러쌌다. 장교와 무슨 일이 있었는지 알아내려고 모두들 질문을 퍼부었다. 처음에 그녀는 대답을 하지 않으려 했다. 그러나 너무나 화가 난 나머지 자제력을 잃고 말았다. "그자가 뭘 원하냐고요? 뭘 원하냐고요? 저랑 자기를 원해요." 그녀가 소리쳤다. 아무도 그 말이 거슬리지 않았다. 그만큼 분노가 컸던 것이다. 코르뉘데는 맥주잔을 탁자 위에 탕 소리 나게 내려놓았다. 그 바람에 술잔이 깨졌다. 모두들 자기가 당하기라도 한 것처럼 이구동성으로 이 비열한 군바리를 향해 비난을 퍼붓고 분개하며 저항을 부르짖었다. 백작은 혐오스러운 표정으로 자신들이 옛 야만인처럼 행동해야 한다고 말했다. 특히 여자들은 장교를 향해 화를 내며 애정 어린 말로 비곗덩어리를 동정했다. 식사 때에만 나타나는 수녀들은 고개를 숙이고 아무 말도 하지 않았다.

그런데도 처음의 분노가 가라앉자 모두들 저녁 식사를 했다. 그러나 이야기는 별로 않고 각자 생각에 잠겼다.

부인들은 일찌감치 물러갔다. 남자들은 담배를 피우면서 카드 판을 만들고 거기에 폴랑비를 초대했다. 장교를 구슬리는 방법을 넌지시 물어볼 요량이었다. 그러나 폴랑비는 아무 말도 듣지 않고 대답도 하지 않고 카드에만 골몰했다. 그리고 "게임이나 합시다, 여러분. 게임이나."라고만 되풀이하는 것이었다. 게임에 열중한 나머지 침 뱉는 것도 잊어버릴 정도였다. 때때로 그의 가슴에서 바람 빠지는 오르간 소리가 났다. 씩씩거리는 그의 폐는 낮고 깊은 소리에서부터 목을 가다듬는 어린 수탉의 높은 목쉰 소리까지 천식 환자가 낼 수 있는 모든 음계를 다 뱉었다.

심지어 그는 졸려서 죽을 지경이 된 아내가 찾으러 왔을 때도 올라가지 않겠다고 했다. 그래서 그녀는 혼자 자러 갔다. 그녀는 언제나 꼭두새벽부터 일어나는 '아침 체질'인 반면 남편 쪽은 언제든지 친구들과 밤을 새울 준비가 되어 있는 '저녁 체질'이었기 때문이다. 그는 아내에게 "달걀 넣은 우유는 불 앞에 둬요."라고 말한 다음 게임을 계속했다. 그에게서 아무것도 알아내지 못할 것이 분명해지자 사람들은 잘 시각이 되었다며 각자 방으로 갔다.

이튿날 아침, 사람들은 막연한 기대 그리고 그보다 큰 출발에 대한 욕망, 이 끔찍한 작은 여인숙에서 보내야 할 나날에 대한 공포 등을 안고 일찍 일어났다.

아아! 그러나 말들은 여전히 마구간에 있고 마부는 보이지 않았다. 그들은 하릴없이 마차 주위를 맴돌았다.

점심 식사는 매우 침울했다. 비곗덩어리에 대한 냉랭한 태도가 느껴졌다. 밤사이 생각이 바뀌었기 때문이다. 그녀에 대한 원망 같은 것이 생겨났다. 밤중에 몰래 프로이센인을 찾아가 아침에 모두를 놀래 줄 수도 있었으련만. 그보다 간단한 일이 어디 있겠는가? 게다가 그걸 누가 알겠는가? 장교에게는 다른 사람들의 고통을 보다 못해 왔다고 하면 체면치레는 됐을 텐데. 그녀로서는 그다지 힘든 일도 아니지 않은가!

하나 아직은 아무도 그 생각을 입 밖으로 내뱉지 못했다.

오후가 되어 못 견디게 지루해지자 백작은 마을 근처를 산책하자고 제의했다. 불 옆에 있는 것이 낫다는 코르뉘데와 성당이나 사제관에서 날을 보내는 수녀들을 제외한 모든 사람이 저마다 정성 들여 몸을 감싸고 함께 나섰다.

날로 심해지는 추위가 코와 귀를 에는 듯했다. 발이 얼어붙어 한 걸음씩 내디딜 때마다 찌르는 듯이 아팠다. 겨우 들판에 도착했지만, 끝없이 하얀 눈에 덮인 모습이 너무도 을씨년스러워서 사람들은 얼어붙은 마음과 죄어드는 가슴을 안고 곧바로 돌아왔다.

네 여자가 앞장을 서고 세 남자가 조금 처져서 뒤따랐다.

상황을 파악한 루아조가 갑자기 저 "망할 년"이 이런 곳에 자신들을 오래 잡아 둘 작정일지 의문을 던졌다. 항상 예의 바른 백작은 결코 여자에게 그런 고통스러운 희생을 강요할 수는 없으며, 여자 스스로 결심해야 한다고 말했다. 카레라마동은 소문대로 프랑스군이 디에프를 거쳐 반격한다면 두 군대가 만나는 지점은 토트가 될 수밖에 없다고 말했다. 이 말에 다른 두 사람은 걱정이 깊어졌다. "걸어서 탈출하면 어떨까요?" 루아조가 물었다. 백작은 어깨를 으쓱하며 응수했다. "그걸 말이라고 하시오? 이 눈 속에? 여자들을 데리고? 그런다고 해도 십 분 안에 붙잡혀서 군인들 손에 포로가 되어 돌아올 거요." 그건 사실이었다. 모두들 입을 다물었다.

부인들은 몸치장에 관한 얘기를 했으나 어쩐지 거북하고 서먹서먹한 분위기였다.

갑자기 길 끝에서 장교가 나타났다. 끝없는 눈밭을 배경으로 키가 크고 허리가 잘록한 그가 군복 입은 모습이 뚜렷이 드러났다. 그는 다리를 벌리고, 정성스럽게 왁스칠을 한 장화를 더럽히지 않으려고 애쓰는 군인 특유의 동작으로 걸어왔다.

그는 부인들 옆을 지나면서 고개를 숙여 인사했다. 그런 다음 남자들을 빤히 쳐다보았다. 남자들은 모자를 벗지 않음으로써 이에 응수했다. 루아조만은 모자를 벗을 듯한 동작을 해 보였다.

비곗덩어리는 귀까지 빨개졌다. 결혼한 세 여자는 그 군인이 그처럼 무례하게 대한 이 매춘부와 함께 있는 모습을 보인 데 커다란 모욕감을 느꼈다.

그래서 그들은 그에 대해, 그의 모습과 얼굴에 대해 이야기했다. 장교들을 많이 알고, 그들을 평가하는 데 일가견이 있는 카레라마동 부인은 그 군인이 그다지 나쁘지 않다고 했다. 심지어는 그가 프랑스인이 아니라 애석하다고까지 했다. 그 정도라면 모든 여자들이 반할 만한 멋진 경기병이 될 터이기 때문이었다.

여인숙에 돌아온 그들은 무엇을 해야 할지 몰랐다. 하찮은 일로 심한 말들이 오갔다. 저녁 식사는 침묵 속에 빨리 끝났다. 그러고는 잠으로나 시간을 보내 볼까 하고 모두들 방으로 올라갔다.

이튿날 사람들은 피곤하고 짜증스러운 얼굴로 내려왔다. 여자들은 비곗덩어리에게 거의 말을 걸지 않았다.

종이 울렸다. 어린아이가 영세를 받는 모양이었다. 비곗덩어리는 아이를 이브토의 농부 집에 맡겨서 키우고 있었다. 그녀는 아이를 일 년에 한 번밖에 보지 않았고 별로 생각도 하지 않았다. 그러나 영세를 받는 아이를 생각하니 갑자기 자식에 대한 사랑이 솟았다. 그녀는 예식에 참관하고 싶어졌다.

그녀가 떠나자 사람들은 서로를 쳐다보고는 의자를 좁혀 앉았다. 뭔가 결정을 내려야 할 때라는 생각이 들었기 때문이다. 루아조가 묘책을 내놓았다. 비곗덩어리만 혼자 남겨 놓고 다른 사람들은 떠나게 해 달라고 장교에게 제의하겠다는 것이었다.

폴랑비가 말을 전하러 갔다가 곧 되돌아왔다. 인간의 본성을 잘 아는 프로이센인이 바로 내쫓아 버린 것이다. 자기 욕망이 만족되지 않는 한 사람들을 모두 붙잡아 두겠다면서.

그러자 루아조 부인의 상스러운 기질이 폭발했다. "여기서 늙어 죽을 수는 없잖아요. 아무 남자하고나 그 짓을 하는 게 그 계집의 직업 아니에요? 그러니 어떤 사람은 받고 어떤 사람은 안 받고 할 권리가 없어요. 그년은 루앙에서 누구든지, 심지어는 마부까지도 받아들였대요. 그럼요, 도청의 마부 말이에요! 나는 그자를 잘 알아요. 우리 가게에서 술을 사거든요. 그래 놓고는 이제 와서 우리가 곤경에 처해 있는데 내숭을 떨다니, 앙큼한 년! 장교야 흠잡을 데 없지요. 아마 오랫동안 여자 구경을 못 했겠죠. 내심으로야 우리 셋이 더 좋았을지도 모르지요. 그렇지만 아무에게나 몸을 맡기는 여자로 만족한 거예요. 유부녀를 존중한 거죠. 생각해 보세요. 여기서야 그 사람이 왕이니까 원한다는 말만 하면 졸병들을 동원해서 우리를 강제로 범할 수도 있지 않겠어요."

다른 두 여자는 흠칫 몸을 떨었다. 카레라마동 부인의 눈이 빛났다. 장교에게 강제로 당한 느낌이라도 드는 듯 얼굴이 약간 창백해졌다.

자기네들끼리 따로 이야기하던 남자들이 다가왔다. 루아조는 불같이 화를 내면서 "그 나쁜 년"을 꽁꽁 묶어 적에게 넘겨주자고 했다. 그러나 삼 대에 걸쳐 대사를 지낸 가문 출신인데다 풍모가 외교관 같은 백작은 한층 교묘한 방법을 제안했다. "스스로 결심하게끔 해야지요."

그래서 사람들은 계획을 짜기 시작했다.

여자들은 자리를 좁혀 남자들에게 자리를 내주었다. 이제 남녀가 함께 낮은 목소리로 저마다 의견을 내놓기 시작했다. 물론 그들의 이야기는 결코 예의의 한계를 벗어나지 않았다. 이 부인들은 매우 외설스러운 것을 우아하고 세련되게 표현할 줄 알았다. 그들의 말은 너무도 신중했기 때문에 모르는 사람이 들었다면 무슨 말인지 전혀 이해하지 못했을 터다. 그러나 사교계 여인들을 감싸는 정숙이라는 얇은 지층은 표면만을 살짝 덮었을 뿐이다. 실제로 그녀들은 천성에 맞는 음담패설에 신이 나서 내심 매우 즐거워했다. 그녀들은 남의 저녁밥을 준비하는 먹보 요리사가 요리 재료를 다루면서 느끼는 즐거움과 마찬가지의 관능적 즐거움을 가지고 사랑을 요리했다.

사람들은 절로 신이 났다. 이야기가 정말 재미있게 느껴졌기 때문이다. 백작의 농담은 좀 노골적이었지만 하도 유창했기 때문에 모두 미소를 지었다. 이어 루아조가 더 외설스러운 이야기를 했지만 아무도 언짢아하지 않았다. 그의 아내가 노골적으로 표현했던 말이 모두의 생각을 지배했다. '그게 그 창녀의 직업인데 왜 다른 사람은 된다면서 그 사람만 거절한

단 말인가?' 카레라마동 부인은 자기라면 다른 사람보다는 오히려 그 사람을 선호하겠다고 생각하는 것 같았다.

사람들은 포위된 요새를 공격하듯이 오랫동안 포위 작전을 짰다. 각자 역할을 분담하고 어떤 논법, 어떤 술책을 쓸 것인가를 정했다. 비곗덩어리라는 살아 있는 성채가 그 안에 적을 받아들이게 하기 위해 공격 계획을 세우고, 계략과 기습을 준비했다.

그러나 코르뉘데만은 따로 떨어져 앉아서 이 일에 전혀 상관 않았다.

논의에 몰두하느라 사람들은 비곗덩어리가 돌아오는 기척을 듣지 못했다. 그러나 백작이 조그맣게 쉿 하는 바람에 고개를 들어 보니 그녀가 들어와 있었다. 그들은 갑자기 입을 다물었다. 처음에는 당황해서 아무도 그녀에게 말을 걸지 못했다. 잠시 후 사교계의 이중적 생태에 익숙한 백작 부인이 그녀에게 물었다. "영세는 재미있었나요?"

아직도 감동이 채 가시지 않은 비곗덩어리는 그곳에서 본 사람들의 얼굴과 태도 그리고 성당의 형태 등 모든 것을 이야기했다. 그러고는 "가끔 기도를 드리는 건 참 좋은 일이에요."라고 덧붙였다.

점심 식사 전까지는 그녀에게 아무것도 내비치지 않았다. 부인들은 그저 친절하게 대하기만 했다. 그래야 그녀가 자신들을 더욱 신뢰하고 고분고분 말을 들을 테니까.

점심 식탁에 앉자마자 공략이 시작되었다. 처음에는 막연하게 자기희생에 대해 이야기했다. 유디트와 홀로페르네스[11]

11 『구약 성경』의 외전 「유디트서」에 나오는 허구적 인물. 유디트는 자기 마을을

그리고 엉뚱하게도 루크레치아와 섹스투스[12], 적국의 모든 장수들을 잠자리에 끌어들여 노예처럼 복종하게 만든 클레오파트라와 같은 옛사람의 예를 들었다. 그러고는 이 무식한 백만장자들의 상상 속에서 만들어진 엉터리 역사가 이어졌다. 그들은 로마의 여자들이 카푸아로 가서 한니발과 그의 장수 및 용병들을 녹였다고 주장했다.[13] 또한 정복자를 지지하고 육체를 전장이자 지배를 위한 방편, 무기로 삼아 싸운 모든 여자들, 영웅적 애무로 흉악하거나 가증스러운 인간들을 굴복시키고 복수와 충성을 위해 순결을 희생한 여자들을 모두 열거했다.

심지어 그들은 나폴레옹에게 치명적인 전염병을 옮기기 위해 스스로 그 병에 감염되었던 지체 높은 영국 여인까지 넌지시 예로 들었다. 물론 밀회 도중 나폴레옹이 갑자기 기운이 없어져서 그녀의 희생은 수포로 돌아갔지만 말이다.

이 모든 이야기는 절제되고 예의에 벗어나지 않는 방식으로 전개되었다. 그리고 때때로 경쟁심을 부추기기 위한 의도적인 찬탄이 섞이기도 했다.

이야기가 끝나 갈 무렵에는 이 세상에서 여자가 해야 할 유일한 역할은 자기희생, 즉 오합지졸들의 변덕에 자기 몸을 내맡기는 것이라는 생각이 들 지경이었다.

수녀들은 아무것도 듣지 않고 깊은 생각에 잠겨 있는 것처럼 보였다. 비곗덩어리는 아무 말도 하지 않았다.

사람들은 그녀가 생각할 시간을 갖도록 오후 내내 그녀를

구하기 위하여 아시리아의 장군 홀로페르네스를 유혹하여 그의 목을 베었다.

12 루크레치아는 로마 시대의 여인으로 섹스투스에게 몸이 더럽혀지자 자살한다.

13 로마 역사가 티투스 리비우스의 『로마사』에 나오는 "카푸아의 열락"에 관한 이야기로 19세기 당시 중학교에서 이 부분을 가르쳤지만 실제와는 차이가 있다.

가만히 내버려 두었다. 그러나 이제까지 '부인'이라고 부르던 태도를 바꾸어 그냥 '아가씨'라고만 불렀다. 물론 아무도 그 이유를 분명히 알지 못했다. 어쩌면 그녀가 이제까지 받았던 과분한 대접을 한 단계 내림으로써 부끄러운 자기 위치를 절감하게 하고 싶었는지도 모른다.

수프가 나왔을 때 폴랑비가 나타나 어제저녁에 했던 것과 똑같은 말을 했다. "프로이센 장교가 엘리자베트 루세 양에게 아직도 생각을 바꾸지 않았느냐고 물어보라네요."

비곗덩어리가 잘라 말했다. "아니요, 바꾸지 않았어요."

저녁 식사에서도 공동 작전이 시원치 않았다. 루아조가 시원치 않은 말을 몇 마디 했다. 저마다 새로운 예를 찾으려고 무진 애를 썼으나 아무것도 떠오르지 않았다. 백작 부인은 왠지 종교를 찬양해야 할 것 같다는 생각이 들었다. 그래서 나이 든 수녀에게 성자들의 위업에 대해 물었다. 성자들 중에는 우리들 눈으로 보면 죄악으로 여겨지는 것을 범한 사람들이 많았다. 그러나 교회는 신의 영광이나 이웃의 이익을 위해서 한 것이라면 큰 죄라도 쉽사리 용서했다. 이는 매우 강력한 논법이었다. 백작 부인은 이를 이용하고자 했다. 그러자 드러내지 않고 남의 비위를 맞추는 데 뛰어난 성직자의 생리적 이해력 때문이었는지, 아니면 그냥 해 본 말인데 시의 적절하게 맞아떨어졌는지는 몰라도 좌우지간 늙은 수녀가 이들 공모자들에게 크나큰 도움을 주었다. 모두들 소심하다고 생각했던 그녀는 알고 보니 매우 대담하고 수다스러우며 과격했다. 그녀는 결의론(決疑論)[14]의 우유부단에 흔들리지 않았다. 그녀의 교

14 양심과 도덕의 문제를 이성과 기독교의 교리에 따라 해결하려는 신학.

리는 철석같았고, 그녀의 신앙에는 조금의 주저도 없었으며 그녀의 양심에는 일말의 거리낌도 없었다. 그녀는 아브라함의 희생을 당연하게 생각했다. 그녀 자신은 위에서 내려오는 명령이라면 부모라도 죽일 것이기 때문이었다. 그녀의 말에 따르면 의도만 선하면 주님 마음에 들지 않을 일은 결코 없었다. 백작 부인은 이 생각지도 않았던 공모자의 신성한 권위를 이용하여 "목적이 수단을 정당화한다."라는 격언을 교화적인 말로 재천명하게끔 만들었다.

부인이 물었다.

"그렇다면 수녀님, 동기가 순수하다면 하나님은 모든 수단을 승인하시고 또 모든 행위를 용서하시나요?"

"누가 그것을 의심할 수 있겠어요, 부인? 그 자체로는 발칙한 행위라도 그 의도가 선하면 칭찬받을 수 있습니다."

그녀들은 이렇게 신의 의지를 짐작하고, 신의 판결을 예측하며, 마치 신이 이런 일에 관여하기라도 하는 것처럼 이야기를 계속했다. 그러나 그녀들이 말하는 것들은 실제로는 신과 별로 상관없는 일이었다.

이 모든 것들은 교묘하고 점잖은 말로 치장되었다. 그러나 수녀 모자를 쓴 이 성녀의 한마디 한마디는 분개한 창녀의 저항을 조금씩 침식했다. 대화는 조금 다른 방향으로 나아가 이제 수녀는 자기 교단의 수녀원과 수녀원장과 자기 자신에 대해서 그리고 곁에 있는 사랑하는 생니세포르 수녀에 대해서 이야기했다. 그녀들은 천연두에 걸린 병사 수백 명을 간호하기 위해 르아브르의 병원에 불려 가는 길이었다. 그녀들은 이 비참한 사람들에 대해 이야기하면서 그들의 병을 자세히 설명했다. 프로이센인의 변덕 때문에 잡혀 있는 동안 그녀들이 구할 수도 있을 많은 프랑스인들이 죽어 가는지도 몰랐다. 병사 간호가 그녀의 특기였다. 그녀는 크리미아 전쟁에도 갔고, 이탈리아와 오스트리아에도 간 적 있었다. 이렇게 그녀의 원정 이야기를 듣다 보니 갑자기 그녀가 군대를 따라다니면서 전쟁의 소용돌이 속에서 부상자들을 찾아내고 규율이 엉망인 거구의 군인들을 말 한마디로 지휘관보다도 잘 길들이는 타고난 전쟁터의 수녀인 것처럼 느껴졌다. 한마디로 진정으로 훌륭한 랑탕플랑 수녀로 느껴진 것이었다. 수없이 구멍이 패고 쭈글쭈글한 그녀의 얼굴조차 전쟁의 황폐에 대한 표상 그 자체로 느껴졌다.

그녀 다음에는 아무도 말하는 사람이 없었다. 그만큼 효과가 훌륭했다.

식사가 끝나자 사람들은 바로 방으로 올라가 다음 날 아침 늦게야 내려왔다.

점심 식사는 조용했다. 어제 심은 씨앗이 발아하여 열매를 맺을 시간을 주느라 모두들 잠자코 있는 것이었다.

오후에 백작 부인이 산책을 제의했다. 백작은 미리 합의한 대로 비곗덩어리의 팔을 잡고 뒤처졌다.

그는 허물없고 아버지 같은, 그러나 사려 깊은 남자들이 창녀들에게 사용하는 얕잡는 말투로 그녀를 '아가씨'라고 부르면서 이론의 여지 없이 명망 높은 자신의 사회적 지위에서 그녀를 내려다보았다. 그는 곧바로 문제의 핵심을 파고들었다.

"그러니까 아가씨는 죽 해 오던 그 호의를 한 번 더 베푸느니 차라리 우리를 그냥 여기 잡아 두겠다는 건가요? 프로이센군이 패배라도 하면 우리뿐 아니라 아가씨에게도 여러 위험이 닥칠 텐데 말이오."

비곗덩어리는 대꾸하지 않았다.

그는 그녀를 달래기도 하고 어르기도 하고 감정에 호소하기도 했다. 필요할 때면 매우 정중한 친절을 보이거나 아첨하며 매우 상냥하게 굴었지만 그는 끝까지 '백작님'으로 남았다. 또한 그녀의 도움이 얼마나 값어치 있는가를 설명하고 자신들이 얼마나 고마워할지도 이야기했다. 그러다가 갑자기 쾌활하고 무람없는 어조로 덧붙였다. "게다가 이 친구야, 자기네 나라에서는 보기 힘든 예쁜 여자를 맛보았다고 그자가 자랑할지도 모르는 일이잖아?"

비곗덩어리는 아무 대답도 하지 않은 채 일행에 합류했다.

돌아오자마자 그녀는 자기 방으로 올라가서 다시 나타나지 않았다. 사람들의 불안은 극에 달했다. 그녀가 어쩔 것인가? 계속 저항한다면 얼마나 난처해질 것인가!

저녁 식사 시간이 되었다. 기다렸지만 그녀는 오지 않았다. 그때 폴랑비가 들어와 루세 양은 몸이 불편하니 먼저들 식사하라고 했다. 모두 귀를 곤두세웠다. 백작이 여인숙 주인에게 다가가 조그맣게 물었다. "잘되었소?" "네." 체면상 그는 일행에게 아무 말도 하지 않았다. 대신 가볍게 고개를 끄덕였다. 그러자 모든 사람의 입에서 안도의 한숨이 터져 나왔다. 얼굴에는 희열의 빛이 감돌았다. 루아조가 외쳤다. "제기랄! 이 집에 샴페인이 있으면 내가 사지." 주인이 곧이곧대로 두 병을 들고 돌아오는 바람에 루아조 부인은 무척 괴로웠다. 모두 갑자기 말이 많아지고 시끄러워졌다. 추잡한 기쁨이 가슴에 가득 찼던 것이다. 백작은 카레라마동 부인의 매력을 알아본 것 같았고 공장주는 백작 부인에게 찬사를 보냈다. 대화는 활기찼고 명랑했으며 재기로 가득했다.

갑자기 루아조가 근심스러운 표정으로 팔을 쳐들며 소리쳤다. "조용." 모두들 깜짝 놀라 입을 다물었다. 그들은 거의 질겁할 지경이었다. 그러자 그는 두 손으로 쉿 하는 손짓을 하면서 귀를 기울였다. 그러고는 천장을 쳐다보며 다시 한 번 귀를 기울인 다음, 평소의 목소리로 말했다.

"안심하십시오. 만사가 잘되어 갑니다."

사람들은 어떻게 이해해야 할지 잠깐 망설이다가 곧 미소를 지었다.

십오 분쯤 지나자 그는 똑같은 코미디를 다시 시작했다. 그리고 그날 저녁 몇 번이나 그 짓을 되풀이했다. 그는 위층 사람에게 말을 거는 시늉을 하면서 전직 외무원 티가 나는 재치 있는 중의적 표현으로 충고했다. 때로는 슬픈 표정으로 한숨을 쉬면서 "불쌍한 여자 같으니!"라고 하거나 화가 나서 이를 갈며 "이 프로이센놈!" 하기도 했다. 그리고 아무도 이 일을 생각하지 않고 있을 때 갑자기 떨리는 목소리로 "그만! 그만!" 하고 소리치기도 하고 혼잣말처럼 중얼거리기도 했다. "그 여자를 다시 볼 수 있으면 좋으련만. 그놈이 죽이지는 않아야 할 텐데!"

이런 농담들은 저속하기 짝이 없었지만 모두가 재미있어 했고 아무도 언짢아하지 않았다. 어떤 것에 대해 분개하고 안 하고의 문제도 다른 것과 마찬가지로 주위 환경에 좌우되는 법인데 지금의 분위기가 상당히 외설스러웠기 때문이다.

디저트를 먹으면서는 여자들마저도 재치 있고 은근한 암시를 했다. 모두 눈이 빛났다. 많이들 마셨던 것이다. 이런 상황에서도 결코 근엄한 귀족의 풍모를 잃지 않는 백작은 자신들의 처지를 극지방에 난파한 사람들에 비유했다. 이제 겨울이 끝나 남쪽으로 갈 길이 열린 셈이었다. 모두 이 비유를 무척 마음에 들어 했다.

신바람이 난 루아조가 샴페인잔을 들고 일어났다. "우리의 해방을 위하여!" 그가 외치자 다른 이들도 모두 일어나 그를 향해 손뼉을 쳤다. 부인들의 권유로 두 수녀들까지도 아직까지 한 번도 맛본 적이 없는 거품 나는 포도주에 입을 축였다. 그녀들은 레모네이드와 비슷하지만 더 맛이 좋다고 했다.

루아조가 상황을 요약했다.

"피아노가 없어서 카드리유[15]를 출 수 없어 유감이군."

코르뉘데는 말 한마디 없이 꼼짝 않고 있었다. 그는 매우 심각한 생각에 잠겨 있는 듯했다. 이따금 매우 화난 태도로 수염을 늘리기라도 하려는 듯 잡아당기곤 했다. 마침내 자정이 가까워져서 사람들이 헤어지려고 할 때 비틀거리던 루아조가 코르뉘데의 배를 치면서 "오늘 저녁에는 기분이 좋지 않으신가 보지요. 아무 말씀도 없는 걸 보니 그렇죠, 동지?" 하고 물었다. 그러자 코르뉘데가 갑자기 고개를 들었다. 그는 이글이글하는 무서운 눈으로 좌중을 훑어보았다. "당신들은 오늘 비열한 짓을 했소." 그는 자리에서 일어나 문으로 가더니 다시 한 번 말했다. "비열한 짓 말이오." 그러고는 나가 버렸다.

처음에는 모두들 섬뜩해했다. 루아조는 당황하여 멍청히 서 있다가 곧 침착성을 되찾았다. 갑자기 그는 허리가 끊어지게 웃으면서 "이 사람아, 그건 너무 셔, 너무 시단 말이야."[16] 라는 말을 되풀이했다. 사람들이 이해를 못 하자 그는 "복도

15 네 사람이 함께 추는 춤곡.

16 우화 「여우와 포도」에서 포도가 너무 셔서 못 먹겠다던 여우의 말.

의 비밀"을 이야기해 주었다. 그러자 모두 우스워서 어쩔 줄 몰라 했다. 부인들은 미칠 듯이 재미있어했다. 백작과 카레라마동은 하도 웃어서 눈물까지 흘렸다. 믿을 수 없다고들 했다.

"뭐라고? 확실하오? 정말로 그가……"

"제가 봤다니까요."

"그런데 그 여자가 거절했다고……"

"프로이센인이 옆방에 있다고 말이지요."

"정말?"

"맹세한다니까요."

백작은 웃느라 숨이 막힐 지경이었다. 공장주는 두 손으로 배를 움켜잡았다. 루아조가 말을 이었다.

"그러니 당연하죠, 오늘 저녁 그녀 일이 못마땅할 밖에요."

셋은 다시 폭소를 터뜨렸다. 웃느라 배가 아프고 숨이 차며 기침까지 나왔다.

그리고 사람들은 헤어졌다. 그러나 성품이 쐐기풀 같은 루아조 부인은 잠자리에 들 때 남편에게 그 작은 '심술쟁이' 카레라마동 부인이 저녁 내내 쓴웃음을 지었다고 일렀다. "군복 입은 남자를 좋아하는 여자들은 프랑스인이건 프로이센인이건 상관하지 않는단 말이에요. 맙소사, 참 딱하지요!"

그리고 밤새도록 전율 같은 것, 숨소리처럼 감지되지 않을 정도로 가벼운 소리, 맨발이 가볍게 닿는 소리, 들릴 듯 말 듯 한 삐걱거림이 복도의 어둠 속을 떠돌았다. 그리고 문 밑으로 불빛이 새어나온 것으로 보아 모두들 아주 늦게야 잠든 것이 분명했다. 샴페인에는 그런 효과가 있었다. 사람들 말대로 그것은 숙면을 방해한다.

이튿날 밝은 햇살에 흰 눈이 눈부시게 빛났다. 드디어 말이 매어진 합승 마차가 문 앞에 대기하고 있었다. 여섯 마리 말 다리 사이로 두터운 깃털을 뽐내는 흰 비둘기 떼가 가운데에 검은 점이 있는 분홍빛 눈을 빛내며 뒤뚱뒤뚱 걸어다녔다. 비둘기들은 김이 나는 말똥을 헤치면서 먹이를 찾고 있었다.

양가죽으로 몸을 감싼 마부가 운전석에 앉아 파이프를 피웠다. 희색이 만면한 여행객들은 길에서 먹을 음식을 서둘러 싸도록 시켰다.

이제 비곗덩어리만 오면 되었다. 드디어 그녀가 나타났다. 그녀는 약간 당황하고 수치스러워했다. 그녀는 머뭇거리면서 일행 쪽으로 다가왔다. 그러자 그들은 그녀를 보지 못한 것처럼 일제히 외면했다. 백작은 품위 있게 아내의 팔을 잡아 이 불결한 접근으로부터 떼어놓았다.

비곗덩어리는 아연실색하여 걸음을 멈추었다. 그러고는 있는 용기를 다 내어 공장주의 부인에게로 다가가 조그만 목소리로 "안녕하세요, 부인." 하고 겸손하게 말을 걸었다. 상대방은 고개만 까딱하면서 무례하게 답했다. 게다가 마치 자신의 정절이 능욕당하기라도 한 듯한 시선으로 비곗덩어리를 바라보았다. 모두들 무척 바쁜 척했다. 전염병을 옮기기라도 한다는 듯 그녀로부터 멀리 떨어졌다. 그러고는 모두 마차로 달려갔다. 혼자 남은 그녀는 맨 마지막으로 마차로 가서 아무 말도 하지 않고 처음에 앉았던 자리에 앉았다.

모두 그녀를 보지 못한 듯, 그녀를 알지 못하는 듯 행동했다. 그러나 루아조 부인은 멀리서 그녀를 분노 어린 눈길로 쳐다보면서 남편에게 작은 소리로 말했다. "저 여자 옆이 아니라서 다행이에요."

무거운 마차가 움직였다. 여행이 다시 시작된 것이었다.

처음에는 아무도 말을 하지 않았다. 비곗덩어리는 감히 고개를 들지 못했다. 그녀는 일행 모두에게 화가 났다. 동시에 자신이 굴복한 데 모욕감을 느꼈다. 또한 이들의 꾐에 빠져 프로이센인의 애무를 받음으로써 자신이 더럽혀진 것 같았다.

얼마 후 백작 부인이 카레라마동 부인 쪽으로 고개를 돌리고 이 괴로운 침묵을 깨뜨렸다.

"에트렐 부인을 아시죠?"

"네, 친구예요."

"참 매혹적인 여성이죠!"

"정말 멋지죠! 품성도 초일류인 데다 아는 것도 많고 완벽하게 예술적이지요. 노래를 몹시 잘 부르고 그림도 최고로 잘 그리니까요."

공장주는 백작과 이야기를 나누었다. 유리창이 덜거덕거리는 소리 사이로 이따금 이익 배당권, 지불 기한, 할증금, 만기 등의 말이 들렸다.

잘 닦지 않은 탁자 위에서 오 년이나 굴러서 기름때가 잔뜩 낀 낡은 카드 한 벌을 여인숙에서 훔쳐 온 루아조는 아내와 함께 베지그[17]를 했다.

수녀들은 허리춤에 매달려 있는 긴 묵주를 쥐고 성호를 그은 후 갑자기 입술을 빨리 움직이기 시작했다. 입술 놀림이 점점 더 빨라지는 것이 기도 시합이라도 하는 듯했다. 그러다가 가끔씩 성패(聖牌)에 입을 맞춘 다음, 성호를 긋고 다시금 빠른 중얼거림을 계속했다.

코르뉘데는 꼼짝 않고 생각에 잠겨 있었다.

17 결혼을 흉내 낸 카드놀이.

길 떠난 지 세 시간이 되었을 때 루아조는 카드를 모으면서 "시장한 시간이군." 하고 말했다.

그러자 그의 아내가 끈으로 묶은 꾸러미에서 구운 송아지 고기 한 조각을 꺼냈다. 그러고는 그것을 얇은 조각으로 단정하게 잘라 둘이서 함께 먹기 시작했다.

"우리도 할까요?" 백작 부인이 말했다. 사람들이 동의하자 그녀는 두 가구용으로 준비한 음식을 풀어놓았다. 토끼고기 파이가 안에 있다고 알려 주기 위해 토끼 모양 사기 장식을 붙인 뚜껑으로 덮은 길쭉한 그릇 속에 맛있는 요리가 담겨 있었다. 불그스름한 살 사이로 하얀 비계가 강처럼 줄무늬를 이루는 불치고기와 다른 여러 고기가 섞인 요리였다. 신문지에 싸여 있던 네모난 그뤼에르 치즈 덩이의 기름진 표면에는 "여러 가지 소식"이라는 글자가 찍혀 있었다.

두 수녀는 마늘 냄새가 나는 둥근 소시지를 폈다. 코르뉘데는 형편없는 외투의 커다란 양쪽 주머니 속에 양손을 동시에 집어넣더니 한쪽에서 삶은 달걀 네 개를 그리고 다른 쪽에서는 빵 한 조각을 꺼내었다. 그러고는 달걀 껍질을 벗겨 발밑 짚 속에 던진 다음, 그대로 입에 대고 베어 먹기 시작했다. 노른자 부스러기가 텁수룩한 수염 위로 떨어져 수염 속에 박힌 별처럼 보였다.

비곗덩어리는 급히 일어난 데다 허둥거리느라 아무것도 준비할 경황이 없었다. 그녀는 숨이 턱턱 막힐 정도로 화난 채로 태연하게 식사하는 사람들을 바라보았다. 처음에는 끓어오르는 분노에 몸을 떨었다. 그녀는 입을 열었다. 입술까지 올라오는 욕설로 그들의 소행을 비난하려고 말이다. 그러나 너무나 울분이 차서 말을 뱉을 수가 없었다.

아무도 그녀를 쳐다보지 않았고 생각조차 하지 않았다. 그들은 그녀를 희생시킨 다음, 불결하고 쓸모없는 물건이라는 것처럼 내쳤다. 그녀는 자신이 소위 정숙하다는 이 파렴치한들의 경멸 속에 빠져 있음을 느꼈다. 그러자 이들이 게걸스럽게 먹어치운, 맛있는 음식이 들어 있던 큰 바구니 생각이 났다. 젤리를 부은 영계 두 마리, 고기 파이, 배, 그리고 적포도주 네 병이 생각났다. 그러자 팽팽히 당겨진 끈이 툭 끊어지듯이 갑자기 울분이 사그라들었다. 그리고 울고 싶어졌다. 그녀는 울지 않기 위해 안간힘을 썼다. 몸에 힘을 주고 어린아이처럼 오열을 삼켰다. 그렇지만 참을 수 없는 울음이 솟아 눈자위가 붉어졌다. 곧 두 줄기의 굵은 눈물방울이 양 볼에 흘러내렸다. 뒤이어 바위에서 물방울이 스며 나오듯이 더욱 빠르게 눈물이 솟아올라 불룩한 가슴 위로 뚝뚝 떨어졌다. 그녀는 창백하게 굳은 얼굴로 앞만 바라보고 꼿꼿이 앉아 있었다. 사람들이 보지 못하기를 바라면서.

백작 부인이 그것을 보았다. 그리고 몸짓으로 남편에게 알렸다. 그는 "어쩌란 말이오? 내 탓이 아니잖소."라고 말하는 것처럼 어깨를 으쓱했다. 루아조 부인은 소리 없이 승리의 웃음을 웃으며 "창피해서 우는 거겠지."라고 중얼거렸다.

두 수녀는 남은 소시지를 종이에 말아 놓고 다시 기도에 빠져 있었다.

그때 먹은 달걀을 소화하고 있던 코르뉘데가 맞은편 의자 밑으로 긴 다리를 뻗고 몸을 뒤로 젖히면서 팔짱을 끼었다. 그러고는 짓궂은 장난을 떠올린 사람처럼 미소를 지으며 「라 마르세예즈」를 휘파람으로 불기 시작했다.

사람들의 얼굴이 침울해졌다. 이 민중적 노래는 거기 있는 사람들 마음에 들지 않았던 게 틀림없다. 그들은 신경질이 돋고 짜증이 나서 고함이라도 칠 듯한 기세였다. 시끄러운 풍금 소리에 개들이 짖어 대는 것처럼.

코르뉘데는 이를 알아차리고도 그치기는커녕 이따금 가사까지 흥얼거렸다.

성스러운 애국심이여,
복수하는 우리 팔을 인도하라, 떠받치라.
자유, 사랑하는 자유여,
그대의 수호자와 함께 싸우라.

눈이 단단해져서 마차가 달아나듯 점점 빨리 달리기 시작했다. 디에프까지의 길고 침울한 여정 내내 그는 무자비하고 고집스럽게 단조로운 복수의 휘파람을 계속했다. 지친 사람들은 마차의 덜거덕거림 사이로, 그리고 밤이 된 후에는 마차 안의 짙은 어둠 속에서, 울화를 삼키며 이 노래를 처음부터 끝까지 들어야만 했다. 그리고 그 흐름을 따라 가사를 상기해야만 했다.

비곗덩어리는 여전히 울고 있었다. 때때로 억제할 수 없는 그녀의 울음소리가 노래 사이로 새어 나와 깜깜한 어둠 속에 퍼져 나갔다.

시몽의 아빠

막 정오의 종소리가 울렸다. 교문이 열리자 아이들이 조금이라도 먼저 나오려고 서로 마구 밀치면서 뛰어나왔다. 그러나 여느 때처럼 점심을 먹으러 집으로 가기 위해 재빨리 흩어지지는 않았다. 대신 그들은 교문에서 몇 걸음 떨어진 곳에 멈추어 서서는 삼삼오오 짝을 지어 뭔가 수군거리기 시작했다.

블랑쇼트의 아들 시몽이 처음 학교에 온 날이었던 것이다.

아이들은 모두 집에서 블랑쇼트에 대해서 말하는 것을 들은 적이 있었다. 물론 겉으로는 다들 그녀에게 잘해 주었다. 그러나 자기들끼리 있을 때면 어머니들은 다소 경멸이 섞인 연민으로 그녀를 대했으며 그러한 감정은 그 이유를 전혀 알지 못하는 아이들에게까지 전염되었다.

아이들은 시몽에 대해서 아무것도 몰랐다. 시몽은 집 밖에 나오는 적이 없었고 다른 아이들처럼 마을길이나 냇가에서 뛰어다니지도 않았기 때문이다. 그들은 시몽을 좋아하지 않았다. 그래서 아이들은 모든 것을 다 안다는 듯이 의미심장하게 눈을 찡긋거리는 열네댓 살 난 소년의 말을 듣고는 매우 놀라면서도 한편으로는 알 수 없는 기쁨을 느꼈다. 그들은 그 말을 서로에게 되풀이했다.

"있잖아…… 시몽에게는…… 아빠가 없대."

드디어 블랑쇼트의 아들이 교문에 나타났다.

일고여덟 살쯤 되었을까? 약간 안색이 창백하고 인상이 매우 깨끗한 소년이었다. 수줍음이 지나친 태도는 어색해 보일 정도였다.

반 친구들이 그의 곁으로 다가왔다. 서로 소곤대며 나쁜 짓을 꾸미는 아이들 특유의 짓궂고 잔인한 눈빛으로 그를 바라보았다. 아이들은 곧 시몽을 완전히 둘러쌌다. 시몽은 아이들이 자신에게 무슨 짓을 하려는지 몰라 놀라고 당황하여 아이들 사이에 우뚝 서 있었다. 소문을 퍼뜨린 소년이 자신의 성취에 의기양양해져서 시몽에게 물었다.

"야, 네 이름이 뭐야?"

그는 대답했다. "시몽."

"무슨 시몽?" 큰 아이가 다시 물었다.

작은 아이는 당황하여 같은 말을 되풀이했다. "시몽이야."

큰 아이가 소리를 질렀다. "무슨 시몽이라고 있을 거 아냐…… 시몽은 성이 아니잖아?"

그러자 작은 아이는 울음이라도 터뜨릴 것 같은 표정으로 세 번째로 대답했다.

"내 이름은 시몽이야."

장난꾸러기들은 웃음을 터뜨렸다. 의기양양해진 소년은 큰 소리로 말했다. "이제 알았지, 저 애는 아빠가 없다고."

갑자기 침묵이 흘렀다. 아이들은 아빠 없는 아이라는 이상하고 불가사의하고 괴의한 사실에 경악했다. 그들은 어떤 진

기한 현상, 즉 자연의 순리에 벗어나는 존재를 대하는 양 시몽을 바라보았다. 그때까지 이유를 알 수 없었던 블랑쇼트에 대한 어머니들의 경멸이 자신들 내면에서 솟아나는 것 같았다.

시몽은 쓰러지지 않으려고 나무둥치에 몸을 기대었다. 돌이킬 수 없는 재앙에 넋이 나간 것 같았다. 그는 설명하려고 했다. 그러나 할 말이 없었다. 아버지가 없다는 끔찍한 사실에 대해 반박할 말이 도무지 없었던 것이다. 할 수 없이 그는 핏기 없는 얼굴로 되는대로 외쳤다. "아냐, 내게도 아빠가 있어."

"어디 있는데?" 큰 아이가 물었다.

시몽은 할 말이 없었다. 자기 자신도 몰랐기 때문이다. 아이들은 매우 흥분하여 깔깔거리며 웃었다. 짐승 쪽에 더 가까운 이 들판의 자식들은 상처 입은 동료를 공격하여 죽이고 마는 암탉과도 같은 잔인한 욕망을 느꼈다. 그때 마침 시몽은 옆집에 사는 과부의 아들을 발견했다. 그 애도 자기처럼 엄마와 단둘이 살았다.

"너도 아빠가 없잖아."

"아냐, 있어." 그 아이가 대답했다.

"어디 있는데?" 시몽이 다시 물었다.

"우리 아빠는 돌아가셨어. 무덤에 계셔." 그 아이는 무척 뽐내는 태도로 대답했다.

아이들 가운데에서 그 아이를 지지하는 듯한 술렁거림이 일었다. 마치 아버지가 죽어서 묘지에 있는 것이 아버지가 전혀 없는 아이의 코를 납작하게 누를 만큼 권위 있는 일이라도 되는 듯이. 이 장난꾸러기들의 아버지들은 대부분 마음씨 고약한 술주정뱅이인 데다 도둑놈이며 아내에게 난폭하게 굴었다. 그럼에도 합법적인 아이들은 불법적인 아이를 짓눌러서

질식시키고 싶은 듯, 서로 밀면서 점점 포위망을 좁혀 왔다.

시몽 곁에 바짝 붙어 있던 한 아이가 갑자기 비웃는 표정으로 혀를 쑥 내밀면서 소리쳤다.

"아비 없는 자식, 아비 없는 자식!"

시몽은 두 손으로 그 아이의 머리칼을 움켜쥐고 그 애 다리에 발길질을 퍼부었다. 그러자 그 아이는 시몽의 뺨을 물어뜯었다. 굉장한 소란이 일어났다. 두 투사가 떨어졌다. 시몽은 얻어맞고 찢기고 상처 입은 채, 박수를 치는 꼬마들 한가운데 나동그라졌다. 먼지투성이가 된 겉저고리를 시몽이 기계적으로 털며 일어나자 누군가가 소리쳤다.

"너희 아빠에게 이르렴."

그러자 그의 가슴속에서 무엇인가가 무너져 내렸다. 그들은 자신보다 힘이 셌다. 자신은 그들에게 졌다. 게다가 그들에게 대꾸할 수도 없었다. 아빠가 없는 것은 사실이었기 때문에. 자존심 강한 시몽은 북받치는 울음을 참느라 무진 애를 썼다. 한순간 숨이 막혔다. 뒤이어 소리 없는 눈물이 쏟아졌다. 흐느낌은 이내 그의 몸을 세차게 뒤흔들기 시작했다.

그러자 잔인한 기쁨이 적들 가운데서 터져 나왔다. 그들은 기뻐 날뛰는 야만인들처럼 서로 손을 잡고 둥글게 아이의 주위를 돌기 시작했다. 후렴구라도 되는 듯 "아비 없는 자식! 아비 없는 자식!"을 되풀이하면서.

갑자기 시몽이 울음을 뚝 그쳤다. 불길 같은 분노가 용솟음쳤다. 발밑에 돌멩이가 보였다. 그는 그것을 주워들었다. 그러고는 있는 힘을 다하여 학대자들을 향해 던졌다. 두세 명이 얻어맞고 울면서 달아났다. 시몽의 표정이 너무도 험악했기 때문에 아이들은 겁을 집어먹었다. 갑자기 비겁해진 그들은 뿔뿔이 흩어져 도망쳤다. 절망적으로 분노한 사람 앞에서 군중이 으레 그리하듯이.

혼자 남은 아비 없는 자식은 들판으로 내달렸다. 문득 어떤 기억이 떠올랐기 때문이다. 그는 강물에 빠져 죽기로 했다.

실제로 일주일 전에 거지 한 명이 물속에 몸을 던졌다. 돈이 없었기 때문이었다. 시몽은 사람들이 시체를 끌어 올리는 모습을 보았다. 평소에는 더럽고 추하여 비참하기 이를 데 없던 그 불쌍한 남자가 매우 편안해 보였다. 시몽은 충격을 받았다. 창백한 뺨, 물에 젖은 긴 수염에도 불구하고 부릅뜬 그의 두 눈은 지극히 침착해 보였다. 주위 사람이 말했다. "죽었어." 누군가가 덧붙였다. "이젠 정말 행복하겠군." 그래서 시몽도 강물에 빠져 죽으려 했다. 그 남자에게 돈이 없는 것과 마찬가지로 자신에게는 아빠가 없으니까.

강가에 다다른 그는 흘러가는 강물을 바라보았다. 맑은 물속에서 물고기들이 잽싸게 움직였다. 그들은 때때로 팔짝 뛰어올라 수면에서 붕붕거리는 파리를 덥석 잡아먹곤 했다. 그는 그 광경에 정신이 팔려 울음을 멈추었다. 그 모습이 매우 재미있었기 때문이다. 그러나 폭풍우가 잠시 멈춘 사이에 갑자기 돌풍이 일어나 나무들을 흔들며 지평선으로 사라져 가듯이 문득 날카로운 고통과 함께 괴로운 생각이 되살아났다. '강물에 빠져 죽을 거야, 아빠가 없으니까.'

날씨는 매우 화창하고 더웠다. 부드러운 햇살이 풀밭을 데워 주었다. 강물이 거울처럼 빛났다. 시몽은 잠시 환희와 울음 끝에 오는 나른함을 느꼈다. 그는 이 열기를 받으며 그대로 풀밭에 누워 잠들고 싶었다.

초록빛 작은 개구리가 발밑에서 팔짝 뛰었다. 시몽은 개구리를 잡으려 했다. 그러나 개구리는 그의 손을 빠져나갔다. 연달아 세 번이나 덮쳤지만 번번이 실패했다. 시몽은 네 번째 시도 끝에 드디어 개구리의 뒷다리를 잡았다. 그러고는 도망치려고 버둥거리는 개구리를 보면서 웃기 시작했다. 개구리는 다리를 오므리고 몸을 움츠렸다가는 갑자기 뻣뻣한 기둥처럼 다리를 쭉 뻗었다. 동시에 노란 테두리가 둘린 눈을 뒤룩거리며 앞다리를 손처럼 휘저었다. 그 모습은 지그재그로 못 박은 가는 막대기를 움직여 그 위에 붙어 있는 작은 병정 인형을 움직이는 장난감을 연상시켰다. 그러자 집 생각이 났다. 엄마 생각도 났다. 그는 갑자기 너무도 슬퍼져서 다시 울음을 터뜨렸다. 사지에 경련이 일었다. 그는 무릎을 꿇고 잠자기 전처럼 기도했다. 그러나 도저히 기도를 끝마칠 수 없었다. 격렬한 흐느낌이 솟아나 그를 온통 사로잡았기 때문이다. 더 이상 아무 생각도 할 수 없었고, 주위 사물도 보이지 않았다. 그저 우는 데만 열중할 뿐이었다.

갑자기 묵직한 손이 어깨에 놓이면서 굵은 목소리가 들렸다. "얘야, 뭐가 그리 슬프지?"

시몽은 뒤를 돌아보았다. 검은 곱슬머리에 턱수염을 기른 덩치 큰 남자가 선량한 표정으로 자신을 바라보고 있었다. 그는 눈물이 그렁그렁한 채 울음 섞인 목소리로 대답했다.

"애들이 나를 때렸어요…… 아, 아빠가 없다고 말이에요."

"뭐라고? 그렇지만 아빠 없는 사람은 없잖니?" 남자는 미소를 지으며 말했다.

아이는 흑흑 흐느껴 울면서 간신히 말을 이었다. "저, 저에게는…… 없어요."

그러자 남자는 심각한 표정을 지었다. 그 아이가 블랑쇼트의 아들임을 알아챘던 것이다. 그는 이 마을에 온 지 얼마 되지 않았지만 그녀의 사연을 대강 알았다.

"자, 얘야, 울지 말아라. 나랑 같이 엄마한테 가자. 아빠를…… 구해 줄게."

그들은 걷기 시작했다. 어른은 아이의 손을 잡았다. 그러고는 다시 한 번 미소를 지었다. 사내는 이 마을에서 가장 예쁘다고들 하는 블랑쇼트를 보게 되어서 기분이 좋았다. 어쩌면 그의 마음속에는 한번 몸을 허락한 처녀는 또다시 그럴 수도 있다는 생각이 움트는지도 몰랐다.

그들은 매우 깨끗한 하얀 오막살이 앞에 도착했다.

아이는 "여기예요."라고 말한 다음, 큰 소리로 "엄마!" 하고 불렀다.

한 여자가 나타났다. 남자의 얼굴에서 미소가 가셨다. 냉담한 태도로 문 앞에 서 있는 키가 크고 창백한 젊은 여성을 보는 순간, 그는 곧 자기가 희롱할 수 있는 여자가 아니라는 사실을 깨달았다. 그녀는 이미 한번 배신을 당한 그녀 집의 문턱을 두 번 다시 남에게 허하지 않겠다는 듯, 현관을 완강히 지키고 있었다. 기가 질린 사내는 모자를 벗어 들며 더듬더듬 말했다.

"자, 부인, 아드님을 데리고 왔습니다. 강가에서 길을 잃었더군요."

그러자 시몽은 엄마의 목에 덥석 매달리더니 또다시 울음을 터뜨렸다.

"아냐, 엄마, 강에 빠져 죽으려고 했어. 애들이 나를 때렸거든…… 아빠가 없다고 말이야."

젊은 여자의 뺨이 새빨갛게 달아올랐다. 그녀는 뼈가 아프도록 고통을 느끼며 아이를 와락 끌어안았다. 얼굴에는 주르르 눈물이 흘러내렸다. 남자는 가슴이 뭉클해졌다. 그는 어떻게 작별을 고해야 할지 몰라 우두커니 서 있었다. 그때 갑자기 시몽이 그에게 뛰어와서 물었다.

"아빠가 되어 주실래요?"

긴 침묵이 흘렀다. 블랑쇼트는 수치심에 떨며 말없이 두 손을 가슴에 올려놓고 벽에 몸을 기대었다. 대답이 없자 아이는 채근했다.

"안 그러면 다시 빠져 죽으러 갈 거예요."

남자는 농담으로 돌리려고 웃으면서 대답했다.

"그럼, 아빠가 되고말고."

그러자 아이가 물었다. "아저씨 이름이 뭐예요? 애들이 물어보면 대답해야하니까요."

"필리프야." 남자가 말했다.

시몽은 그 이름을 머릿속에 새기기 위해 잠시 아무 말도 하지 않았다. 그러고는 곧 명랑하게 두 팔을 내밀며 이야기했다.

"그럼 필리프, 이제 당신은 우리 아빠예요."

남자는 아이를 땅에서 들어 올려 재빨리 그의 양쪽 볼에 입을 맞추고는 성큼성큼 사라져 갔다.

그다음 날 아이가 학교에 가자 또다시 심술궂은 웃음이 터져 나왔다. 하굣길에 어제 그 소년이 다시 시비를 걸자 시몽은 마치 돌멩이를 던지듯 그 아이의 머리를 향해 말을 내뱉었다. "우리 아빠 이름은 필리프야."

사방에서 즐거워 죽겠다는 듯한 아우성이 터져 나왔다.

"필리프? ……어떤 필리프? ……필리프라니, 도대체 그게 누군데? ……그 필리프를 어디서 얻어 왔니?"

시몽은 아무 대꾸도 하지 않았다. 그러나 그의 믿음은 확고했기 때문에 눈도 깜빡 않고 아이들을 노려보았다. 맞아 죽는 한이 있더라도 결코 도망치지 않을 작정이었다. 마침 선생님이 나오는 바람에 그는 무사히 집으로 돌아갈 수 있었다.

덩치 큰 노동자 필리프는 블랑쇼트의 집 근처를 석 달 동안 자주 지나다녔다. 때로 그녀가 창가에서 바느질하고 있을 때면 용기를 내어 말을 걸기도 했다. 그녀는 예의 바르고 정중하게 대답했지만 결코 함께 웃거나 그를 집 안으로 들여 놓는 법이 없었다. 그러나 모든 남자들이 그러듯이 조금 어리석은 데가 있는 그는 그녀가 자기와 이야기할 때면 보통 때보다 좀 더 얼굴을 붉힌다고 제멋대로 상상했다.

그러나 한번 잃은 평판은 회복되기가 매우 어렵고 또한 아무것도 아닌 일에도 쉽게 악화된다. 그래서 블랑쇼트가 신중하게 처신하는데도 마을 사람들은 벌써 그녀에 대해 수군거리기 시작했다.

그러나 시몽은 새아빠가 마냥 좋아서 매일 저녁 일과가 끝날 때면 그와 함께 산보를 했다. 시몽은 열심히 학교에 다녔다. 반 친구들 가운데를 당당하게 지나다니면서 그들에게 일절 대꾸하지 않았다.

그러던 어느 날 제일 먼저 시몽을 공격했던 소년이 말했다.

"거짓말이지? 필리프라는 사람은 네 아빠가 아니야."

"그건 또 무슨 소리야?" 시몽은 흥분하여 물었다.

그 소년은 두 손을 비벼 대며 말했다.

"네 아빠라면 네 엄마의 남편이어야 하잖아."

시몽은 그 말이 맞다는 생각이 들어 마음이 흔들렸다. 그렇지만 그냥 우겼다. "그래도 우리 아빠는 아빠야."

소년은 비웃었다. "그럴지도 모르지. 하지만 완전한 아빠라고는 할 수 없어."

블랑쇼트네 꼬마는 고개를 숙이고 생각에 잠긴 채 필리프의 일터인 루아종 영감 댁 대장간 쪽으로 걸어갔다.

대장간은 마치 울창한 나무들 밑에 파묻힌 것처럼 매우 컴컴했다. 오직 커다란 화덕의 새빨간 불빛만이 팔을 걷어붙인 채 굉장한 소리를 내며 모루를 내리치는 다섯 대장장이들을 비출 뿐이었다. 자신들이 내려치는 뜨거운 쇠에 시선을 고정한 그들은 무서운 악마처럼 불길 속에 휩싸인 채 서 있었다. 망치의 오르내림에 따라 그들의 무거운 생각도 올라갔다가 다시 떨어지곤 했다.

아무도 시몽이 들어오는 것을 보지 못했다. 시몽은 친구의 소매를 살그머니 잡아당겼다. 그가 돌아보았다. 갑자기 작업이 중단되었고, 모두들 그들을 주의 깊게 바라보았다. 갑자기 찾아온 정적 속에서 시몽의 가녀린 음성이 들렸다.

"필리프, 미쇼네 아들이 조금 전에 그러는데 아저씨가 완전한 우리 아빠가 아니래요."

"그건 또 무슨 소리야?" 노동자가 물었다.

아이는 천진난만하게 대답했다.

"아저씨가 엄마의 남편이 아니라서 그렇대요."

아무도 웃지 않았다. 필리프는 모루 위에 세워 놓은 망치 자루를 잡은 자신의 커다란 두 손에 이마를 얹었다. 그는 생각에 잠겼다. 동료 네 명이 그를 바라보았다. 이들 거인들 사이에서 더욱 작아 보이는 시몽은 초조하게 기다렸다. 갑자기 대장장이들 중 하나가 모든 사람들의 생각에 호응이라도 하듯 필리프를 향해 말했다.

"블랑쇼트는 착하고 성실한 처녀야. 불행을 겪기는 했지만 용감하고 얌전해. 착실한 남자에게 손색없는 아냇감이지."

"그렇고말고." 다른 세 사람이 말했다.

처음의 노동자가 말을 이었다.

"몸을 망친 게 어디 그 여자 탓인가? 결혼한다고 약속했으니까 그랬지. 똑같은 짓을 하고도 지금 존경받으며 사는 여자가 한둘이 아닌걸."

"그렇고말고." 다른 세 사람이 이구동성으로 맞장구쳤다.

그의 말은 계속 이어졌다. "혼자서 아이를 키우느라 그 불쌍한 여인이 얼마나 고생을 했겠나. 교회 외에는 일절 바깥출입도 하지 않으면서 얼마나 울었겠어. 그 사정은 아마 하나님밖에 모르실 걸세."

"그렇고말고." 다른 사람들이 말했다.

한동안 화덕의 불을 지피는 풀무 소리밖에는 들리지 않았다. 갑자기 필리프가 시몽 쪽으로 몸을 기울였다.

"가서 엄마께 내가 오늘 저녁에 드릴 말씀이 있어 간다고 말씀드리렴."

그러고 나서 그는 아이의 어깨를 밀어 밖으로 내보냈다.

그는 다시 일하기 시작했다. 다섯 개의 망치가 모루 위에 한꺼번에 떨어졌다. 그들은 밤이 될 때까지 그렇게 쇠를 쳤다. 망치 소리는 만족스러운 듯 힘차고 즐겁게 들렸다. 축제 날 여러 종소리 중에서 성당의 제일 큰 종이 내는 소리가 가장 두드러지듯이, 필리프의 망치 소리는 다른 사람들의 망치 소리를 누르고 매순간 귀가 멍해질 정도로 힘차게 이어졌다. 사방으로 튀기는 불꽃 속에 선 그는 눈빛을 번쩍이며 정열적으로 쇠를 벼렸다.

그가 블랑쇼트의 현관을 두드렸을 때는 이미 하늘에 별이 가득했다. 그는 외출복에 새 셔츠를 입고 수염을 깨끗이 다듬은 모습이었다. 블랑쇼트는 문턱에 서서 괴로운 표정으로 말했다. "필리프 씨, 이렇게 밤중에 오시면 곤란해요."

그는 대답을 하려고 했지만 제대로 말이 나오지 않아 더듬거리면서 어쩔 줄을 모르고 여자 앞에 서 있었다.

그녀가 말을 이었다. "더 이상 저에 대한 얘기가 사람들 입에 오르내려선 안 되잖아요."

그러자 그는 불쑥 "당신이 제 아내가 되어 준다면 그런 건 상관없지 않습니까?" 하고 물었다.

아무 대답도 들리지 않았다. 대신 캄캄한 집 안에서 누군가가 쓰러지는 소리가 들렸다. 그는 재빨리 집 안으로 들어갔다. 침대에 누워 있던 시몽은 키스하는 소리와 함께 자신의 어머니가 낮게 속삭이는 소리를 들었다. 그리고 갑자기 자신의 몸이 친구의 손에 들려지는 것을 느꼈다. 필리프는 헤라클레스처럼 튼튼한 팔로 시몽을 안아 든 채 소리 높여 말했다.

"네 친구들에게 말하렴. 너희 아빠는 대장장이 필리프 레미라고. 너를 괴롭히면 내가 혼내 준다고 말이야."

다음 날 학교에서 수업이 시작될 무렵, 시몽은 새하얗게 질린 얼굴로 자리에서 일어났다. 그러고는 떨리는 입술로 분명하게 말했다. "우리 아빠는 대장장이 필리프 레미야. 나를 괴롭히면 아빠가 혼내 준댔어."

이번에는 아무도 웃지 않았다. 왜냐하면 아이들 모두 대장장이 필리프 레미를 잘 알았기 때문이다. 그리고 그가 자기 아빠라면 매우 자랑스러울 것이기 때문이었다.

피크닉

뒤푸르 부인의 이름은 페트로니유다. 뒤푸르 가족은 그녀의 본명 첨례일[18]이 오면 파리 근교에 나가 점심을 먹기로 오 개월 전부터 계획을 세워 놓고 손꼽아 기다려 왔다. 그러므로 이날 아침이 되자 모두들 꼭두새벽부터 일어났다.

뒤푸르는 우유 배달차를 빌려 직접 몰았다. 이륜 짐마차는 매우 깨끗했다. 지붕을 받치는 네 개의 쇠기둥에는 차일이 달려 있었는데 양옆의 것들은 경치를 볼 수 있게끔 말아 올려져 있었고 뒤쪽 차일만이 깃발처럼 바람에 휘날렸다. 남편 옆에 앉은 뒤푸르 부인은 요염한 진홍빛 비단옷 속에서 활짝 핀 모습이었다. 그 뒤로는 늙은 할머니와 젊은 처녀가 앉아 있었고, 그들 뒤에는 젊은 남자의 노란 머리가 보였다. 자리가 없어서 뒤쪽에 눕다 보니 머리만 보이는 것이었다.

마차는 샹젤리제 거리를 지나 마요 성문을 통해 파리 성벽[19]을 통과했다. 그제야 그들은 주변을 둘러보았다.

18 영세명을 따온 성인을 기념하는 날. 페트로니유의 경우는 5월 31일.

뇌이 다리에 도착하자 뒤푸르가 말했다. "이제 정말 시골로 들어왔어!" 그 말을 듣자 그의 아내는 자연에 감탄하기 시작했다.

쿠르브부아[20]의 로터리에 이르자 이제는 지평선이 아득히 멀리 보인다며 모두들 환성을 질렀다. 오른쪽에는 저 멀리 교회 종탑이 솟아 있는 아르장퇴유가 보이고 그 뒤로 사누아 언덕과 오르주몽의 제분소가 보였다. 왼쪽에는 말리의 수로[21]가 아침 햇살에 빛났으며 더 멀리로는 생제르맹의 테라스[22]가 보였다. 그리고 정면의 언덕들 끄트머리에는 파헤쳐진 땅이 보였다. 아마도 코르메유의 새 성채일 터였다. 들판과 마을 들 너머 깊숙이 들어간 곳에는 검푸른 숲이 보였다.

따가운 햇살이 얼굴로 내리쬐기 시작했다. 먼지가 그들의 눈 속에 가득 찼다. 길 양쪽으로 더럽고 악취를 풍기는 헐벗은 시골 풍경이 끝없이 이어졌다. 나병이 휩쓴 듯 을씨년스러운 풍경이었다. 집들까지도 나병에 시달린 듯 파헤쳐진 채 앙상하게 골조만 남아 있거나 돈이 모자라 짓다 말아서 지붕도 없이 벽만 덩그러니 서 있었다.

멀리 띄엄띄엄 공장의 굴뚝들이 척박한 태양 아래 나무 대신 솟아 있었다. 이 썩은 들판에서는 봄바람에서도 석유와 편암 냄새가 났다. 이 냄새들은 더 고약한 다른 냄새와 함께 공기를 오염시켰다.

19 루이 필리프 왕 재위 시절(1830~1848)에 세워진 성벽. 이후 철거되었으며 그 자리에 파리 순환 도로가 들어섰다.

20 파리 교외. 로터리는 지금의 라데팡스 지역에 있었다.

21 베르사유 궁전에 물을 대기 위해 만들어진 수로.

22 길이 2킬로미터인 테라스로, 센 강변에 있다.

일행은 센 강을 다시 한 번 건넜다.[23] 다리 위의 경치는 매혹적이었다. 강물이 햇빛에 눈부시게 빛났고, 증발하여 안개가 되어 피어올랐다. 감미로운 정적과 상쾌감이 느껴졌다. 마침내 공장의 검은 연기와 분뇨 처리장의 악취가 섞이지 않은 맑은 공기를 마시게 된 것이었다.

지나가던 사람이 마을 이름을 가르쳐 주었다. 브종이었다.

마차가 멈췄다. 뒤푸르는 그럴듯한 문구가 쓰인 싸구려 식당 간판을 읽었다. "풀랭 식당, 생선 스튜와 튀김, 사교실, 나무 그늘과 그네…… 자! 뒤푸르 부인, 괜찮겠소? 이제 결정하지."

여자가 다시 한 번 읽었다. "풀랭 식당, 생선 스튜와 튀김, 사교실, 나무 그늘과 그네." 그러고는 오랫동안 식당을 바라보았다.

그곳은 하얀 칠을 한 시골 여인숙으로 길가에 면해 있었다. 열린 문 사이로 반짝이는 양철 카운터 앞에 주일에 입는 옷으로 성장한 노동자 두 명이 서 있는 모습이 보였다.

마침내 뒤푸르 부인이 마음을 정했다. "괜찮군요. 전망도 좋고." 마차는 큰 나무가 띄엄띄엄 심긴 마당으로 들어갔다. 집 뒷마당은 예선(曳船)용 말이 다니는 길을 사이에 두고 센 강과 맞닿아 있었다.

모두들 마차에서 내렸다. 뒤푸르가 제일 먼저 뛰어내려 팔을 벌리고 아내를 받을 준비를 했다. 마차 발판은 쇠막대 두 개로 고정되어 있었는데 마차 입구에서 너무 멀리 떨어져 있었기에 거기에 내려서는 뒤푸르 부인의 종아리가 다 드러났

23 센 강의 구불구불한 흐름 때문에 파리 북서쪽 교외로 나가려면 강을 두 번 건너야 한다.

다. 허벅지에서부터 내려온 비계로 일렁이는 부인의 다리에는 이미 젊을 때의 날씬함은 사라지고 없었다.

시골 정취에 벌써 흥이 난 뒤푸르가 아내의 발목을 세게 꼬집고는 그녀를 안아 무거운 짐이라도 되듯이 쿵하고 땅에 내려놓았다.

부인은 비단옷의 먼지를 턴 다음 주위를 둘러보았다.

그녀는 활짝 피어난 서른여섯 살 정도의 매우 통통한 여인으로 꽉 죄는 코르셋 때문에 숨을 헐떡였다. 지나치게 풍만한 가슴은 코르셋 탓에 위로 밀려 올라가 살이 접히는 비만한 턱 밑에서 출렁댔다.

그다음은 젊은 처녀 차례였다. 그녀는 아버지의 어깨에 손을 올려놓고 혼자서 가볍게 뛰어내렸다. 그사이 노란 머리 청년은 한 발로 바퀴를 딛고 내린 후 뒤푸르를 도와 할머니를 마차에서 내려 주었다.

그런 다음 청년은 마차에서 말을 풀어 나무에 매었다. 마차는 곧 끌채를 땅에 박으며 앞으로 고꾸라졌다. 남자들은 윗옷을 벗고 들통에 손을 씻은 다음, 그네에 올라탄 여자들 쪽으로 갔다.

뒤푸르 양은 서서 그네를 탔다. 있는 힘껏 발을 굴렀지만 혼자 힘으로는 제대로 올라가지 않아 애를 먹었다. 그녀는 열여덟에서 스무 살쯤 되어 보였다. 길에서 만난 남자들에게 돌연한 욕망을 불러일으키고 밤중까지 막연한 동요와 관능의 고조로 전전반측하게 하는 그런 여자였다. 큰 키에 잘록한 허리, 풍성한 엉덩이에 가무잡잡한 피부, 커다란 눈, 그리고 머리칼은 짙고 검었다. 옷 아래 그대로 드러나는 단단하고 풍성한 몸매는 그네를 구르느라 허리에 힘을 줄 때마다 부각되었다. 두 팔을 머리 위로 쳐들어 단단히 그넷줄을 잡고 있었기 때문에 발을 구를 때마다 젖가슴이 조금도 흔들리지 않고 그대로 봉긋이 솟아올랐다. 그녀의 모자는 바람에 날려 뒤쪽에 떨어져 있었다. 그네가 점점 치솟자 그녀의 다리가 무릎까지 드러났다. 치마는 그녀를 바라보는 두 남자의 웃음 띤 얼굴 위에 포도주보다도 자극적인 내음을 풍겼다.

뒤푸르 부인이 옆 그네에 앉아 계속 칭얼댔다. "시프리앵, 나 좀 밀어 줘요. 밀어 달라니까, 시프리앵!" 뒤푸르는 아내에게 다가가서는 힘든 일에 착수할 때처럼 셔츠 소매를 걷어올렸다. 그러고는 끙끙거리며 아내를 밀기 시작했다.

그넷줄에 매달린 부인은 땅바닥에 발이 닿지 않도록 발을 앞으로 쭉 뻗은 채 그네의 왕복 운동에 취했다. 그네의 움직임에 따라 그녀의 몸은 쟁반에 담긴 젤리처럼 일렁거렸다. 그네가 점점 높이 올라가자 그녀는 정신이 아찔해지고 겁이 났다. 내려올 때마다 찢어지는 소리를 지르는 바람에 온 동네 아이들이 다 모여들었다. 담장 너머로 솟아나온 머리들이 그녀의 눈에 어렴풋이 들어왔다. 그들의 장난스러운 얼굴은 웃느라고 저마다 가지각색으로 일그러져 있었다.

하녀가 오자 그들은 점심 식사를 주문했다. "센 강의 물고기튀김, 튀긴 토끼 한 마리, 샐러드와 디저트."라고 뒤푸르 부인이 우쭐거리며 말했다. "하우스 와인 2리터와 보르도 한 병."이라고 남편이 말했다. "풀밭에다 차려 주세요."라고 딸이 덧붙였다.

할머니는 식당에서 기르는 고양이를 보자 갑자기 애정이 솟아나서 온갖 다정한 말을 동원하며 십 분이나 쫓아다녔지만 헛수고였다. 고양이는 할머니의 관심에 내심 기분이 좋았겠지만 결코 접근을 허락하지 않은 채 나무들 사이를 유유히 돌아다니면서 둥치에 몸을 비볐다. 그러면서 꼬리를 세우고 기분 좋은 듯 가르랑 소리를 냈다.

"아니, 저기 멋진 배가 있네요!" 마당을 살펴보던 노란 머리 청년이 갑자기 소리쳤다. 모두 보러 갔다. 조그만 목조 헛간 아래 훌륭한 고급 가구처럼 섬세하게 공이 들어간 보트 두 척이 매여 있었다. 키 큰 처녀처럼 날씬하며 좁고 긴 몸체를 반짝이며 나란히 있는 그 배들은 날씨 좋은 따뜻한 저녁이나 맑은 여름날 아침에 물살을 가르며 나아가고픈 욕망, 꽃이 만발한 강 언덕을 지나가고픈 욕망을 불러일으켰다. 물속에 가지를 적시는 나무들을 스치며, 갈대의 흔들림으로 떨리는 강 언덕을 지나갈 때면 물총새들이 푸른 섬광처럼 재빠르게 날아오를 터였다.

모두들 감탄하면서 배를 살펴보았다. "아! 정말이지 멋지군." 뒤푸르가 근엄한 어조로 되풀이하여 말했다. 그러고는 전문가나 되는 것처럼 자세히 설명을 했다. 뒤푸르 말로는 자신도 젊었을 때 보트를 탄 적이 있었다. 노를 손에 쥐면(그는 이 말을 하면서 노 젓는 흉내를 냈다.) 그를 당할 자가 없었다. 예전에 주앵빌의 보트 경주에서 영국인들 상대로 이긴 적도 있으니까. 그리고 그는 노를 끼우는 고리를 지칭하는 담[24]이라는 말로 농담했다. 보트 타는 사람들은(그 이유는 말할 필요도 없겠지만) 결코 자신들의 '담' 없이 배에서 내리지 않았다. 그는 열을 내며 장광설을 늘어놓았다. 저런 배만 있으면 힘들지 않게 한 시간에 육십 리를 달릴 수 있다면서 내기를 하자고 부득

24 dame은 부인을 뜻하기도 한다.

부득 우겨 대기도 했다.

“준비 다 됐어요.” 하녀가 헛간 입구에 나타나 말했다. 모두들 달려갔다. 그러나 뒤푸르 부인이 마음속으로 점찍어 놓은 제일 좋은 자리에는 벌써 젊은이 두 명이 앉아 점심을 먹고 있었다. 보트 탈 복장인 것을 보아 아마도 선주들인 듯싶었다.

그들은 의자에 비스듬히 앉아 있었다. 아니 차라리 누워 있다고 하는 편이 옳을 터였다. 햇볕에 검게 탄 얼굴 아래 흰 면 티셔츠 한 장만으로 가린 가슴이 드러났고 짧은 소매 아래로 대장장이처럼 억센 팔뚝이 그대로 드러났다. 그들은 튼튼하고 원기 왕성한 남자들로, 기운 자랑을 꽤나 하는 축이었다. 그렇지만 그들의 움직임 하나하나에는 운동으로 단련된 신체의 우아함과 유연함이 느껴졌다. 이러한 맵시는 힘든 일을 매일 똑같이 반복하는 노동자들의 기형적으로 발달한 몸과는 전혀 다른 것이었다.

먼저 어머니 쪽을 본 그들은 둘이서 마주 보고는 재빨리 미소를 교환했다. 그러나 딸을 보고 나서는 의미심장한 눈길을 주고받았다. “우리 자리를 내주자고. 그러면 소개받게 될 테니까.” 그중 한 명이 말했다. 그러자 곧 다른 청년이 자리에서 일어나 반쪽은 빨갛고 나머지 반은 검은 챙 없는 모자를 벗어들고 기사처럼 예의 바르게 정원 안에서 그늘이 지는 유일한 자리를 양보했다. 뒤푸르 가족은 치사를 늘어놓으며 받아들였다. 그들은 전원의 정취를 만끽하기 위해 탁자도 의자도 없이 풀밭 위에 그대로 앉았다.

두 청년은 몇 발짝 떨어진 곳으로 음식을 들고 가서 다시금 먹기 시작했다. 자꾸만 눈에 띄는 그들의 벗은 팔이 처녀의 신경에 거슬렸다. 그래서 그녀는 고개를 돌려 그들을 보지 않는 체했다. 그러나 대담한 뒤푸르 부인은 욕망일지 모를 여자들 특유의 호기심에 사로잡혀 끊임없이 청년들을 바라보았다. 분명 그들과 남편을 비교하며 남편의 추함에 속상해하는 것이리라. 그녀는 다리를 꼬고 풀밭에 드러누웠다. 그러고는 옷 속에 개미가 들어왔다는 핑계로 온몸을 끊임없이 움찔거렸다. 두 청년의 존재와 그들의 상냥함에 기분이 나빠진 뒤푸르는 자꾸만 자세를 바꾸어 보았지만 어떤 자세를 취해도 편치가 않았다. 노란 머리 청년은 아무 말도 하지 않고 아귀같이 먹고만 있었다.

"날씨가 참 좋죠, 신사분?" 뒤푸르 부인이 보트 타는 청년 한 명에게 인사했다. 그녀는 자리를 양보해 준 그들에게 싹싹하게 굴고 싶었다. "그렇군요, 부인. 교외에 자주 오시나요?" 청년이 대답했다.

"아! 일 년에 한두 번밖에 못 와요. 바람을 좀 쐬려고 왔지요. 선생님은요?"

"저는 저녁마다 자러 옵니다."

"아! 정말 좋겠어요. 그죠?"

"그럼요."

그는 자신의 일과를 시적으로 이야기했다. 이는 일 년 내내 자연과 차단된 채 따분한 가게 카운터 뒤에서 자연을 꿈꾸며 전원 산책에 목말라하는 이 도시인들의 마음속에 자연에 대한 동물적인 사랑을 꿈틀거리게 했다.

감동한 처녀는 눈을 들어 청년을 바라보았다. 뒤푸르도 처음으로 입을 열었다. "그게 바로 진짜 생활이야." 그러고는 곧 "여보, 토끼고기 좀 더 들구려." 하고 말했다. "아뇨, 괜찮아요." 그의 아내가 대답했다.

부인은 다시 청년들 쪽으로 몸을 돌려 그들의 팔뚝을 가리키며 "그 정도면 절대로 추위를 타지 않겠지요?"라고 물었다.

청년들은 웃기 시작했다. 그러고는 녹초가 된 얘기며 땀에 젖은 채 물에 뛰어들어 몸을 식히는 얘기며 밤안개 속을 노저어 달리는 얘기 등으로 그들을 놀랬다. 그러고는 가슴을 탕탕 두르려 그 소리를 들려주었다. "아! 참 튼튼하군요."라고 남편이 말했다. 이제 뒤푸르는 더 이상 자기가 영국인들을 격파하던 시절의 이야기를 꺼내지 않았다.

처녀는 그들을 곁눈질로 살펴보았다. 노란 머리 청년은 사레가 들어 정신없이 기침을 하다 여주인의 붉은 비단옷을 더럽혔다. 여주인은 화를 내며 얼룩을 지우게 물을 가져오라고 했다.

그사이 날씨가 견딜 수 없이 더워졌다. 반짝이는 강물은 마치 더위의 온상 같았다. 그리고 포도주의 취기가 머리를 어지럽혔다.

뒤푸르는 딸꾹질이 심하게 나서 조끼 단추와 바지허리를 풀었다. 그의 아내도 숨이 차서 원피스 뒤의 후크를 조금씩 풀었다. 노란 머리 청년은 유쾌한 듯 작은 말처럼 더부룩한 머리카락를 흔들면서 포도주를 자꾸만 마셔 댔다. 취기가 올랐다고 느낀 할머니는 꼿꼿하고 근엄한 자세로 앉았다. 그러나 처녀만은 조금도 모습이 변하지 않았다. 눈길만이 웬지 평소보다 빛나 보였다. 거무스름한 그녀의 피부도 뺨에 이르러서는 보일 듯 말 듯 분홍빛으로 물들어 있었다.

커피를 마시자 기분은 더욱 고조되었다. 누군가 노래를 부르자고 제의했다. 돌아가며 한 곡조씩 부를 때마다 다른 사람들은 미친 듯 박수를 쳤다. 그러고는 다들 끙끙대며 자리에서 일어났다. 여자들이 숨을 돌리는 동안 남자들은 운동을 했다. 무거운 데다 살이 물렁물렁한 그들은 얼굴이 빨개져서 어색하게 링에 매달렸지만 결코 몸을 들어 올리지는 못했다. 그들의 셔츠는 자꾸만 바지에서 빠져나와 깃발처럼 바람에 휘날렸다.

그사이에 두 청년은 보트를 물에 띄웠다. 그러고는 다시 돌아와 공손하게 여자들에게 보트로 강을 한 바퀴 돌자고 제안했다.

"여보, 좋죠? 제발 그렇게 해요!" 뒤푸르 부인이 소리쳤다. 그러나 뒤푸르는 말뜻을 이해하지 못한 채 취한 얼굴로 아내를 바라보았다. 그러자 청년 하나가 낚싯대 두 개를 들고 다가왔다. 그때까지 흐릿하던 그의 눈은 모든 상점 주인들이 소원하는 물고기, 즉 모래무지를 잡겠다는 희망에 빛났다. 그러고는 무엇이든지 다 허락하고는 다리 밑 그늘에 가서 강물 위로 다리를 대롱거리며 걸터앉았다. 노란 머리 청년은 그 곁에서 잠들어 버렸다.

두 청년 중 한 명이 희생정신을 발휘하여 어머니 쪽을 맡았다. 그러고는 떠나며 소리쳤다. "영국인 섬[25] 숲에서 만나!"

또 한 척은 조금 천천히 나아갔다. 노 젓는 청년이 처녀를 바라보느라 다른 것을 생각할 수 없는 데다가 마음의 동요로 힘이 쭉 빠져 버렸기 때문이다.

키잡이 자리에 앉은 처녀는 물 위를 나아간다는 감미로움에 몸을 내맡겼다. 그녀는 몸이 나른해져서 아무 생각도 할 수

25 생마르탱 섬으로, 오늘날에는 샤투 섬에 합쳐졌다. 브종에서 하류 쪽으로 조금 떨어져 있는데, 이 섬의 북쪽 끝에는 모른 댐이 있다.

없었으며, 자포자기하는 마음이 드는 것이 마치 여러 가지 자극에 한꺼번에 취하는 듯했다. 얼굴이 새빨갛게 달아오르고 숨이 가빴다. 그녀 주위에 넘쳐흐르는 맹렬한 열기로 포도주의 취기가 한층 심해졌다. 술기운 때문인지 강둑의 모든 나무들이 자신에게 인사하는 것처럼 느껴졌다. 쾌락에 대한 막연한 욕구로 부글부글 끓는 그녀의 피가 한낮의 뜨거움으로 잔뜩 흥분된 그녀의 육체에 불을 붙였다. 그녀는 무척이나 동요되었다. 물 위에 이렇게 단둘이 있다니. 타는 듯한 태양만 내리쬘 뿐 아무도 없는 이곳에서, 게다가 자신을 아름답다고 생각하는 남자와 함께. 핥기라도 하듯 그녀 피부 위에 끈끈하게 달라붙는 그의 시선을 받으며. 그의 욕망이 햇볕같이 그녀 몸속으로 파고든다고 느끼며.

두 사람 모두 말을 할 수가 없었다. 그 때문에 감정의 동요가 더 심해졌다. 그들은 주위를 둘러보았다. 그러다가 청년이 겨우 힘을 내어 이름을 물었다. "앙리에트예요." 그녀가 대답했다. "그것참 묘하네요. 나는 앙리인데." 그가 말했다.

말을 하자 조금 진정이 되었다. 그들은 이제 강 양안의 경치를 구경하기 시작했다. 앞쪽에 일행의 보트가 멈춰 서서 그들을 기다리고 있었다. 그 배에 탄 청년이 소리쳤다. "숲에서 만나. 우리는 로뱅송[26]으로 가. 부인께서 목이 마르다고 하셔서 말이지." 그러고는 납작 엎드려 노를 잡더니 빠른 속도로 저어 나가기 시작했다. 그들은 곧 시야에서 사라졌다.

조금 전부터 분명치 않게 들려오던 우르릉 소리가 점점 가까워졌다. 그 소리가 물속에서 올라오기라도 하듯 강물조

26 브종에 있는 여인숙 이름. "낚시꾼의 로뱅송"이라고 불렸다.

차 떨리는 것 같았다.

"무슨 소리죠?" 그녀가 물었다. 그것은 섬 끝에서 강물을 둘로 나누는 댐의 물소리였다. 청년은 허둥지둥 설명했다. 그때 갑자기 요란한 폭포 소리 사이로 멀리 새소리가 들려왔다. "나이팅게일이 낮에 울다니. 아마 암놈이 알을 품나 봐요." 그가 대답했다.

나이팅게일이라고! 그녀는 그 소리를 들어 본 적이 없었다. 이제 그 소리를 듣는다고 생각하니 그녀의 가슴속에 시적인 감흥이 피어올랐다. 나이팅게일! 줄리엣이 발코니에서 사랑의 증인이 되어 달라고 부탁했던 그 새. 남자의 키스를 위해 하늘이 내려주는 음악. 감상에 젖은 소녀의 작은 가슴에 푸른 이상을 열어 주는 로맨스의 영원한 뮤즈, 사랑을 호소하는 연가에 영감을 주는 새!

이제 그녀는 그 새소리를 듣게 된 것이었다.

"소리 내지 맙시다. 숲에 가면 새 바로 옆까지 다가갈 수 있을 거예요." 그녀의 동반자가 말했다.

보트는 물 위를 미끄러지는 듯했다. 섬 위로 나무들이 보였다. 강둑은 매우 낮아서 배에 앉아서도 빽빽한 나무들이 눈높이로 보일 정도였다. 그들은 배를 매었다. 앙리에트는 앙리의 팔에 의지하여 나뭇가지 사이로 나아갔다. "몸을 숙여요." 라고 그가 말했다. 그녀는 몸을 숙였다. 그리고 그들은 덩굴과 나뭇잎과 갈대가 마구 엉킨 곳을 지나 그 장소를 아는 사람만이 찾을 수 있는 은신처로 들어갔다. 앙리는 웃으면서 자신의 '밀실'이라고 했다.

그들의 머리 위에 드리운 나뭇가지 위에서 나이팅게일이 목청껏 노래 불렀다. 트릴과 룰라드[27]에 이어 울림이 큰 소리가 공기를 채우고 강을 따라 퍼져 나갔다. 그러다가 소리는 내리누르는 뜨거운 정적을 뚫고 들판 위를 날아 지평선 너머로 사라지는 듯했다.

그들은 새가 날아가 버릴까 봐 말소리를 내지 않았다. 그들은 나란히 앉았다. 천천히 앙리의 팔이 앙리에트의 허리를 부드럽게 조이기 시작했다. 그녀는 전혀 화내지 않고 이 대담한 손을 잡아떼어 놓았다. 그리고 그의 팔이 다시 접근하면 또다시 밀치기를 되풀이했다. 그녀는 그의 애무에 전혀 당황하지 않았다. 그렇게 밀치는 것이 너무나 당연하고 자연스러운 일인 듯했다.

그녀는 황홀감에 도취되어 새소리를 들었다. 행복과 사랑의 욕구가 밀물처럼 밀려왔다. 초인적인 시적 감흥과 가슴이 두근거리고 기운이 쭉 빠지는 듯한 느낌에 그녀는 왠지 눈물이 났다. 청년이 그녀를 껴안았다. 그녀는 더 이상 밀치지 않았다. 더 이상 그럴 생각조차 하지 않았다.

나이팅게일이 갑자기 노래를 멈추었다. 멀리서 "앙리에트!" 하고 부르는 소리가 들려왔다.

"대답하지 말아요. 새가 날아가 버릴 거예요." 청년이 낮은 소리로 말했다.

그녀도 그다지 대답할 생각이 없었다.

그들은 잠시 동안 그대로 가만있었다. 뒤푸르 부인도 어딘가에 앉은 것 같았다. 이따금 그녀의 작은 탄성이 들려왔던 것이다. 아마도 다른 청년이 그녀에게 장난을 치는 모양이었다.

처녀는 여전히 흐느끼고 있었다. 온통 감미로운 감각에

27 한 음절을 가볍고 빠르게 연속적으로 부르는 장식 악절.

젖어서, 그리고 뜨거운 살갗 위로 느껴지는 이제까지 경험하지 못했던 간지러움에 떨면서. 앙리는 그녀의 어깨에 머리를 기대었다. 그러고는 갑자기 그녀의 입술에 키스했다. 그녀는 화가 나서 격렬하게 그를 밀어냈다. 그러고는 그를 피하기 위하여 뒤로 벌렁 드러누웠다. 그러자 그가 위로 달려들어 몸으로 그녀를 덮었다. 요리조리 피하는 그녀의 입술을 따라다니던 그의 입술이 마침내 그녀의 입술에 닿자 이번에는 결코 놓치지 않았다. 그녀는 말할 수 없이 강렬한 욕망에 사로잡혀 그를 가슴에 부둥켜안았다. 그녀의 모든 저항은 사라져 버렸다. 엄청난 무게에 압도당한 것처럼.

주위는 조용했다. 새가 다시 노래하기 시작했다. 사랑의 부름과도 같은 날카로운 음 세 개가 차례로 터져 나왔다. 그러고는 잠깐 쉬었다가 곧이어 약해진 소리로 천천히 노래 부르기 시작했다.

눅지근한 바람이 나무 잎사귀를 흔들며 지나갔다. 나뭇가지 아래 깊숙한 곳에서는 열에 들뜬 두 숨소리가 나이팅게일의 노래와 가벼운 숲의 숨소리에 뒤섞였다.

새는 갑자기 취기에 휩싸인 듯했다. 불씨가 댕겨진 불처럼 점점 커지는 열정처럼, 새소리가 빨라지며 나무 아래의 키스 소리에 맞추어 반주하는 것 같았다. 마침내 그 목청이 폭발했다. 졸도라도 하듯 한 음만을 끌면서 경련하듯 노래했다.

이따금 새는 휴식을 취하듯 가벼운 음을 두어 개 뽑았다. 그러다가 갑자기 매우 날카로운 음을 토해 냈다. 또 어떤 때는 광란의 질주로부터 시작하여 온갖 음을 쏟아내고 전율하고 헐떡거렸다. 미칠 듯한 사랑의 노래라도 부르듯. 그리고 그 뒤에는 승리의 외침이 뒤따랐다.

새소리가 멈추었다. 새는 밑에서 나는 신음에 가만히 귀를 기울이는 듯했다. 누군가가 숨을 거두는 듯한 깊숙한 소리였다. 그 소리는 잠시 계속되더니 곧이어 흐느낌으로 변했다.

두 남녀는 매우 창백한 얼굴로 자신들의 푸른 침대를 떠났다. 파랗던 하늘이 어두워진 느낌이었다. 그들 눈에는 작열하는 태양조차 꺼져 버린 것 같았다. 말할 수 없는 고독과 정적이 느껴졌다. 그들은 나란히 서서 빨리 걸었다. 서로 말하지도, 몸을 맞대지도 않았다. 그들은 이제 화해할 수 없는 원수가 되어 버린 것 같았다. 마치 그들의 육체가 서로를 혐오하고 그들의 정신이 서로를 증오하는 듯.

때때로 앙리에트가 소리쳤다. "엄마!"

덤불 밑이 소란스러워졌다. 앙리는 굵은 장딴지를 덮는 흰 속치마를 얼핏 본 것 같았다. 곧이어 뚱뚱한 부인이 약간 당황한 기색으로 얼굴을 붉히며 나타났다. 그녀의 눈이 반짝였고 숨이 가빠 씩씩대느라 가슴은 출렁거렸다. 게다가 청년과 바싹 붙어 있었다. 청년은 재미있는 것을 많이 보았는지 웃음을 감추지 못해 얼굴이 일그러져 있었다.

뒤푸르 부인은 다정스레 청년의 팔을 잡았다. 모두들 배로 돌아갔다. 처녀와 함께 말없이 앞서 가던 앙리는 두 남녀가 소리 없이 키스하는 것을 언뜻 본 듯했다.

마침내 그들은 브종으로 돌아왔다.

술이 깬 뒤푸르는 초조하게 기다리며 안절부절못하고 있었다. 노란 머리 청년은 식당을 떠나기 전에 마지막으로 한술 뜨고 있었고, 뜰에 있는 마차에는 이미 말이 매여 있었고, 할머니는 벌써 마차에 올라앉아 있었다. 들판에서 밤을 맞을까 봐 걱정이 태산이었다. 파리 근교는 위험하기 때문이었다.

악수를 나눈 후 뒤푸르 가족은 떠났다. 청년들은 "안녕히!"를 외쳤다. 마차 안에서 한 사람은 한숨을 지었고 또 한 사람은 눈물을 감추었다.

두 달 후 앙리는 마르티르 거리를 지나다가 '뒤푸르 철물점'이라고 쓰인 간판을 보고는 안으로 들어갔다.

뚱뚱한 부인이 계산대 뒤에 서 있었다. 두 사람은 곧 서로를 알아보았다. 인사를 나눈 후 그는 처녀의 소식을 물었다.

"앙리에트 양은 어떻게 지내십니까?"

"잘 지내요. 결혼했지요."

"아!"

그는 갑자기 감정이 북받쳐 목이 메는 것 같았다.

"그런데…… 누구와요?"

"누군 누구겠어요, 그날 우리와 함께 있던 청년이죠. 그이가 이 가게도 물려받을 거예요."

"아! 그렇군요."

그는 왠지 모르게 서글퍼져서 떠나려고 했다.

뒤푸르 부인이 그를 불러 세웠다.

"그런데 친구분은요?" 부인이 조심스럽게 물었다.

"잘 지내요."

"그분께 안부 전해 줘요. 그리고 이쪽으로 오실 일이 있으면 좀 들러 달라고 해 주세요."

부인의 얼굴이 새빨개졌다. 그녀는 덧붙였다. "그래 주시면 참 고맙겠다고요."

"꼭 전하죠. 그럼 안녕히!"

"곧 또 뵙게 되겠죠?"

이듬해 매우 더운 어느 일요일이었다. 결코 잊지 못할 그 사건이 그날따라 갑자기 너무도 생생하게, 너무도 간절히 떠올라 앙리는 홀로 숲속에 있는 자신들의 신방을 찾았다.

그곳에 도착한 그는 깜짝 놀랐다. 그녀가 거기 있었던 것이다. 매우 슬픈 표정으로 풀밭에 앉아 있는 그녀 곁에는 그녀의 남편인 노란 머리 청년이 한 마리 짐승처럼 태평하게 셔츠 바람으로 잠들어 있었다.

앙리를 본 그녀는 곧 기절이라도 할 것처럼 얼굴이 창백해졌다. 그러나 이내 평온을 되찾고 자연스럽게 이야기를 하기 시작했다. 그들 사이에 아무 일도 일어나지 않았다는 듯.

앙리는 그녀에게 자신이 이 장소를 매우 사랑하며, 일요일이면 종종 이곳에 와서 여러 가지 추억을 떠올린다고 말했다. 그러자 그녀는 오랫동안 그의 눈을 가만히 들여다보았다.

"저는요, 매일 저녁마다 떠올려요." 그녀가 말했다.

그때 남편이 깨어나 하품을 하고는 그녀에게 말했다.

"여보, 갑시다. 이제 돌아갈 때가 된 것 같소."

침대

늦여름의 무더운 오후, 공공 경매장은 낮잠에 빠진 듯했다. 경매인은 죽어 가는 목소리로 입찰하고 있었다. 2층 깊숙한 방 한구석에는 성당에서 쓰이던 오래된 견직물이 한 무더기 쌓여 있었다.

성스러운 성직자의 제의들이었다. 우아한 흰빛 상제의(上祭依)는 크림빛으로 변색되어 있었다. 그 비단 바탕 위에는 상징적인 글자들이, 또 그 주위를 빙 둘러서는 수많은 꽃들이 수놓아져 있었다.

중매인들이 기다리고 있었다. 수염이 지저분하게 자란 두세 명의 남자들과 배불뚝이 여자 한 명이었다. '뚜쟁이 헌 옷 장수'라고 통칭되는 이러한 여자들은 금지된 사랑의 보호자인 동시에 상담자였다. 따라서 그녀들은 헌 옷가지와 장신구와 함께 남녀노소의 육체를 전문으로 취급했다.

그때 루이 15세풍의 멋진 상제의가 경매에 붙여졌다. 후작 예복같이 아름다운 옷은 세월이 오래 지났음에도 전혀 손상되지 않았다. 십자가 주위에 점점이 수놓아진 은방울꽃과

성스러운 상징까지 닿도록 길게 수놓인 붓꽃뿐만 아니라 가장자리를 장식하는 장미 화관까지 보존되어 있었다. 그것을 사서 경매인에게서 넘겨받았을 때 나는 그 옷에서 풍겨 나오는 희미한 향기를 느꼈다. 마치 성당에서 쓰는 향이 스며 있기라도 한 것처럼. 아니, 아직까지도 옛날의 가볍고 부드러운 냄새에 취해 있기라도 한 것처럼. 그것은 향수의 추억, 이미 날아가 버린 향유(香油)의 영혼과도 같았다.

집에 돌아온 나는 그것을 재단하여 동시대에 만들어진 아름다운 작은 의자 덮개를 만들기로 작정했다. 치수를 재느라 이리저리 뒤집는 중에 손끝에 빳빳한 종이 감촉이 느껴졌다. 나는 옷의 안감을 뜯어내었다. 그러자 누렇게 변색된 편지 몇 장이 발치에 떨어졌다. 잉크 또한 녹이 슨 듯 불그스레한 빛으로 변해 있었다. 옛날식으로 접은 편지지 겉면에는 세련된 글씨체로 "다르장스 사제님께"라고 씌어 있었다.

그중 세 개는 단순히 만날 약속을 하는 편지였고, 네 번째 편지는 다음과 같았다.

님이여, 저는 아픕니다. 매우 아파서 침대에서 꼼짝도 못 하고 있습니다. 창밖에는 비가 오지만 저는 따뜻한 새털 이불 속에서 나른하게 공상에 잠겨 있습니다. 책 한 권 들고 말이지요. 이건 제가 매우 좋아하는 책이랍니다. 마치 제 자신의 일부가 들어 있는 것 같거든요. 무슨 책이냐고요? 안 돼요. 말씀드릴 수 없어요. 꾸짖으실 게 뻔하니까요. 이 책을 읽고 나서 이런저런 생각을 했어요. 이제 제가 무슨 생각을 떠올렸는지 말씀드릴게요.

제 머리 뒤에는 베개가 받쳐져 있습니다. 그 덕에 앉아 있을 수 있지요. 이렇게 앉아서 당신이 제게 주신 작은 앉은뱅이책상 위에 편지지를 놓고 이 편지를 쓰고 있습니다.

사흘 전부터 침대에 누워 있으니까 자연히 침대에 대해 생각하게 되는군요. 자는 중에도 계속 생각한답니다.

침대는 우리 인생의 전부입니다. 거기서 우리는 나고 사랑하고 또 죽습니다.

제가 크레비용[28]처럼 글을 쓸 수 있다면 제 침대의 역사를 쓸 거예요. 얼마나 감동적이고 또 무서운 이야기들이 많을까요? 멋진 이야기, 슬픈 이야기도 많겠지요. 교훈도 많이 얻을 수 있겠고요.

당신은 제 침대를 아시지요. 그렇지만 제가 사흘 동안 얼마나 많은 것을 발견했는지는 모르실 거예요. 또 제가 얼마나 제 침대를 사랑하게 되었는지도요. 제가 전혀 상상도 하지 못했던 많은 사람들이 이 침대에 깃들어 있고 아직까지도 여기서 산다는 느낌이 들어요. 그들 모두가 여기에 각자의 자취를 남겨 놓았어요.

아! 저는 새 침대를 사는 사람들을 결코 이해할 수 없어요. 아무 추억이 없는 침대를 사다니요. 제 침대, 아니 우리들의 침대는 너무도 오래되어 닳아빠지고, 또 매우 넓지요. 자연히 많은 인생을 담고 있겠지요. 탄생에서 무덤까지를 말이에요. 생각해 보세요. 모든 것을요. 우리의 인생을 침대의 네 기둥 사이, 우리들 머리 위에 쳐 놓은 장막 아래의 좁은 공간을 통해 다시 살펴보세요. 장막에 그려져 있는 사람들은 많은 걸 보았겠지요. 정말이지 삼 세기 동안 그들은 무엇을 보았을까요?

침대에 한 여자가 누워 있어요. 때때로 그녀는 한숨을 내쉬어요. 그러고는 신음하죠. 늙은 친척들이 그녀를 둘러싸요. 이윽고 그

28 Crébillon fils. 18세기의 프랑스 소설가. 여기서는 오래된 소파를 화자로 소파 위에서 일어난 일들을 이야기한 『소파』라는 소설과의 주제상 관련성 때문에 언급한 듯하다.

녀 속에서 경련하는 주름투성이의 조그만 사람이 고양이처럼 앵앵거리면서 나와요. 젊은 엄마는 고통 속에서도 기뻐 어쩔 줄을 몰라요. 아기의 첫울음을 듣고 그녀는 넘쳐흐르는 행복감에 숨이 막힐 듯하죠. 그녀 주위에서는 모두들 기쁨의 눈물을 흘리고요. 그녀로부터 떨어져 나온 이 작은 살덩어리는 바로 집안의 계승과 감격에 겨워 이 애를 쳐다보는 늙은이들의 피와 가슴과 영혼의 연장을 의미하기 때문이죠.

이제 이 생의 성스러운 장막 밑에 처음 함께 누운 연인을 보도록 하죠. 그들은 떨고 있어요. 그렇지만 그들은 희열에 넘쳐 가까이 있는 서로의 육체를 느껴요. 조금씩 조금씩 입술이 가까워지죠. 성스러운 첫 키스를 나누며 그들은 화들짝 놀라요. 그 키스는 지상 천국의 문과 같이 이승의 환희를 구가하면서 그들에게 열락을 허락하고 예고하지요. 그리고 거친 바다같이 요동치는 그들의 침대는 이리저리 휘어지고 삐걱거리며 신음을 내요. 영혼이라도 깃든 것처럼. 그리고 열광적인 사랑의 신비가 자신 위에서 완성되는 데 신이 나서 침대가 몸을 들썩거리는 것처럼요. 이 세상에서 두 사람을 한 사람으로 만드는 이 포옹보다 감미롭고 완전한 것이 또 있을까요? 같은 순간에 같은 생각과 같은 기대와 같은 기쁨을 주는, 그리하여 천상의 불 같은 격렬한 기쁨이 자신들에게 내려온다고 느끼는 것보다 더한 게 있을까요?

작년에 당신이 읽어 주었던 시구를 기억하시나요? 옛 시인이었죠? 누구였더라? 글쎄. 롱사르였던가요?

서로 껴안고 침대에 들면
우리는 호색한이 되리
이불 밑에서

백 가지 수작을
마음대로 벌이는
쾌활한 연인처럼.[29]

이 시를 제 침대의 천장에 수놓고 싶어요. 피라모스와 티스베[30]가 항상 저를 굽어다보는 그 장막에 말이에요.

마지막으로 저의 죽음을 생각해 보세요. 또 이 침대에서 마지막 숨을 거둔 모든 사람들을 떠올려 보세요. 이 침대는 또한 끝나 버린 희망의 무덤이니까요. 인생으로 진입하는 문임과 동시에 그 모든 것을 끝내는 문이니까요. 지금 제가 당신에게 편지를 쓰고 있는 이 침대 위에서 얼마나 많은 외침과 괴로움과 고통과 절망과 단말마의 신음이 터져 나왔겠어요? 이 침대가 인간에게 휴식처를 마련해 주었던 지난 삼 세기 동안 얼마나 많은 사람들이 아련한 옛 추억을 붙잡으려 팔을 내밀고, 영원히 끝나 버린 행복을 애타게 소리쳐 불렀겠어요? 경련과 헐떡임은 또 얼마나 많았으며, 얼마나 많은 사람들이 고통에 얼굴을 찡그리고 이를 악물고 눈을 부릅떴겠어요?

생각해 보세요. 침대는 인생의 상징입니다. 저는 이를 사흘 전에야 비로소 알았답니다. 중요한 일은 모두 침대에서 일어납니다.

잠만 해도 그렇지요. 잠 또한 우리 인생의 가장 좋은 순간의 하나가 아니겠어요?

반대로 이곳은 고통의 산실이기도 합니다. 병자의 안식처이자 기진맥진한 사람이 육신의 고통을 달래는 장소지요.

침대는 사람입니다. 우리의 구세주 예수 그리스도는 침대를 필

29 프랑스의 16세기 시인 피에르 드 롱사르의 시 「연인에게 바치는 오드」의 일부.

30 오비디우스의 『변신 이야기』에 나오는 바빌론의 연인.

요로 하지 않음으로써 당신이 인간이 아님을 보여 주셨어요. 구유의 짚 위에서 탄생하고 십자가 위에서 돌아가셨으니까요. 대신 푹신한 휴식의 자리는 피조물인 인간의 몫으로 돌리셨지요.

이외에도 여러 가지 많은 생각들이 떠오릅니다. 그렇지만 그것들을 쓸 시간도 없고 또 다 기억할 수도 없어요. 게다가 너무 피곤해서 이젠 베개를 내리고 드러누워 한숨 자야 할 것 같군요.

내일 3시에 저를 보러 오세요. 그때쯤이면 몸이 좀 나을지도 모르겠군요.

안녕, 그대여. 제 손을 내밉니다. 키스해 주세요. 손과 함께 제 입술도 받아 주세요.

고해 성사

마르그리트 드 테렐의 임종이 임박했다. 그녀의 나이는 이제 겨우 쉰여섯이었다. 그러나 적어도 일흔다섯은 되어 보였다. 그녀는 백지장같이 하얀 얼굴로 극심한 오한에 사로잡힌 채 숨을 몰아쉬었다. 끔찍한 것을 본 듯 얼굴이 일그러지고 부릅뜬 두 눈은 경련을 일으켰다.

그녀보다 여섯 살 위인 언니 쉬잔은 침대 옆에 꿇어앉아 울었다. 죽음의 침대 곁에 놓인 작은 탁자에는 보자기가 깔려 있었고 그 위에는 두 개의 촛불이 탔다. 병자 성사와 마지막 영성체를 위해 신부를 기다리는 것이었다.

죽어 가는 사람의 방이 으레 그렇듯 방 안에는 절망적인 이별의 음산한 기운이 감돌았다. 가구 위에는 약병들이 어지럽게 널려 있었고, 방구석에는 빗자루로 아무렇게나 밀쳐 놓은 수건과 걸레가 굴러다녔다. 의자들까지도 넋이 나간 듯 제멋대로 놓여 있어 이리저리 뛰어다니다 그대로 쓰러져 있는 것만 같았다. 가공할 죽음이 그곳에 있었다. 죽음은 어딘가에 숨어서 먹이를 기다렸다.

두 자매의 사연은 매우 감동적이었다. 그들의 이야기는 먼 곳 사람들의 입에까지 오르내리고 많은 이들의 눈시울을 적셨다.

언니인 쉬잔은 예전에 앙리 드 상피에르라는 청년으로부터 지극한 사랑을 받았으며 그녀 역시 그를 사랑했다. 그들은 약혼을 했다. 그리고 결혼식 날만 기다리던 중, 갑자기 청년이 죽었다.

쉬잔의 절망은 이루 말할 수가 없었다. 그녀는 절대로 다른 남자와 결혼하지 않겠다고 맹세했다. 그리고 그 맹세를 지켰다. 그녀는 끝까지 상복을 벗지 않았다.

그러자 당시 열두 살밖에 되지 않은 그녀의 동생 마르그리트가 언니를 찾아와 품에 안기면서 말했다. "언니, 언니가 불행해지는 건 싫어. 평생 울고 살면 안 돼. 나는 언니 곁을 절대로 떠나지 않을 거야. 절대로, 절대로, 절대로! 나도 결혼하지 않을 거야. 언니 곁에 영원히 있을게, 영원히 말이야."

쉬잔은 동생의 말을 믿지 않았지만서도 어린 동생의 사랑에 감동하여 동생을 껴안았다.

그러나 동생 역시 약속을 지켰다. 부모의 간청에도 언니의 애원에도, 마르그리트는 결코 결혼하지 않았다. 그녀는 예뻤다. 정말 예뻤다. 그녀는 자신을 사랑한다는 청년들의 청혼을 여러 번 물리쳤다. 그리고 결코 언니 곁을 떠나지 않았다.

자매는 한 번도 떨어지는 일 없이 항상 함께였다. 그들은 어디든지 꼭 붙어다녔다. 그러나 마르그리트는 항상 슬프고 무엇엔가 짓눌린 기색이었다. 언니보다도 우울해 보였다. 마치 그 숭고한 희생이 제 모든 것을 파괴해 버린 것처럼. 그녀는 언니보다도 빨리 늙었다. 서른 살에 흰머리가 생기고 원인 모를 병에 갉아먹힌 듯 자주 앓았다.

그러더니 이제 언니보다 먼저 임종을 맡게 된 것이었다.

그녀는 이십사 시간 전부터 일절 말을 하지 않았다. 새벽빛이 밝아 오자 겨우 한마디를 내뱉었을 뿐이다. "신부님을 모셔 와요. 때가 되었어요."

그러고는 몸을 떨면서 반듯이 누워만 있었다. 그녀의 입술이 씰룩거렸다. 끔찍한 말이 가슴에서 올라오지만 결코 입 밖으로 내지 못하는 것 같았다. 공포에 질린 눈은 보기에도 끔찍했다.

언니는 슬픔을 참지 못하여 침대에 머리를 박고 정신없이 흐느꼈다. 그녀는 끊임없이 동생의 이름을 불렀다.

"마르고, 불쌍한 마르고, 꼬마 동생아!"

그녀는 항상 동생을 '꼬마 동생'이라고 불렀다. 그리고 동생은 언니를 항상 '큰언니'라고 불렀다.

계단에서 발소리가 났다. 방문이 열렸다. 성가대 소년이 들어왔다. 중백의를 입은 신부가 뒤따라 들어왔다. 신부를 보자 환자는 벌떡 일어나 입을 열고는 알아들을 수 없는 말을 두세 마디 중얼거린 다음, 구멍이라도 내려는 듯 맹렬하게 손톱으로 침대보를 긁기 시작했다.

시몽 신부가 다가와 그녀의 손을 잡고 이마에 키스하고는 부드러운 목소리로 이야기했다.

"하나님은 당신을 용서하십니다. 용기를 내세요. 이제 때가 되었습니다. 말씀하세요."

그러자 마르그리트는 머리끝부터 발끝까지 온몸을 사시나무 떨듯 떨면서 발작하듯 침대를 흔들었다.

"큰언니, 의자에 앉아서 들어 줘."

신부는 침대 주변에 쓰러져 있는 쉬잔 쪽으로 몸을 굽혀 그녀를 부축해 일으켰다. 그러고는 의자에 앉힌 다음 한 손에는 언니의 손을, 다른 손에는 동생의 손을 잡고 말했다.

"하나님, 이들에게 힘을 주소서, 긍휼을 내려 주소서!"

그러자 마르그리트가 말하기 시작했다. 그녀의 말은 벌써 힘이 다한 듯, 한마디 한마디 쉰 소리로 끊어지면서 목구멍을 겨우 빠져나왔다.

"용서해 줘, 큰언니, 날 용서해 줘! 아! 평생 동안 내가 이 순간을 얼마나 두려워했는지 언니가 안다면……!"

쉬잔이 울음 섞인 목소리로 중얼거렸다.

"꼬마 동생아, 내가 용서할 게 뭐가 있니? 넌 내게 다 주었잖아, 나를 위해 모든 걸 희생했잖아, 너처럼 착한 애가 또 어디 있다고……"

마르그리트가 말을 막았다.

"그만, 그만해! 내 말을 들어 봐…… 막지 말고…… 끔찍해…… 다 말하게 해 줘…… 끝까지 꼼짝도 하지 말고…… 들어 봐…… 기억나?…… 그 사람 기억나지…… 앙리 말이야……"

쉬잔은 소스라치게 놀라며 동생을 바라보았다. 동생은 말을 이었다.

"이해하려면 다 들어야 해. 나는 그때 열두 살, 겨우 열 두 살이었어. 기억하지, 그치? 나는 너무도 버릇없는 아이였어. 원하는 거면 뭐든지 했으니까……! 집안 모두가 나를 응석받이로 만든 건 언니도 기억하지……? 들어 봐…… 처음 우리 집에 왔을 때 그 사람은 칠피 장화를 신고 있었어. 현관 층계 앞에서 말을 내렸지. 그런 다음에 자기 옷차림에 대해서 사과를 했어. 아빠에게 급한 소식을 전하느라고 그랬다는 거야. 언니도 기억나지……? 아무 말도 하지 마…… 그냥 듣기만 해. 그 사람을 본 나는 첫눈에 반해 버렸어. 정말 잘생겼다고 생각했어. 그 사람이 말하는 동안 거실 한 귀퉁이에 서 있었어. 어린아이들이란 참 묘해…… 끔찍하기도 하고…… 아! 정말이야…… 나는 거기 대해서 많이 생각해 봤어!

그 사람이 또 왔지…… 몇 번이나…… 나는 간절히, 눈이 튀어나올 정도로 열심히 그 사람을 쳐다봤어…… 나는 나이에 비해 숙성한 편이었지…… 그리고 남들이 생각하는 것보다 훨씬 영악했어…… 나는 그 사람 생각만 했었어. 조그맣게 불러 봤지. '앙리…… 앙리 드 상피에르!'라고.

얼마 후 그 사람이 언니와 결혼할 거라고들 하더군. 정말 슬펐어…… 아! 큰언니…… 정말이지…… 너무 슬펐다고! 나는 사흘 밤을 꼬빡 울었어, 뜬눈으로 지새우면서 말이야. 그 사람은 점심 후면 매일같이 우리 집에 왔어…… 언니도 기억하지……! 아무 말도 마…… 그냥 듣기만 해…… 언니가 작은 케이크를 만들어 주면 그 사람은 매우 기뻐했지…… 밀가루하고 버터하고 우유를 넣은 케이크 말이야…… 아! 어떻게 만드는지 잘 알아…… 지금도 만들 수 있을 정도야. 그 사람은 한 개를 덥석 집어 한입에 넣고 포도주를 한 잔 꿀꺽 마셨지…… 그러고는 항상 '정말 맛있어요.'라고 얘기했어. 그 사람이 그 말을 어떤 어조로 했는지 언니도 기억하지?

나는 질투가 나서 미칠 것 같았어……! 언니의 결혼식 날이 다가왔어. 두 주밖에 안 남았더랬지. 나는 완전히 미쳐 버렸어! 혼자서 생각했지. '그 사람은 쉬잔 언니와 결혼 못 해. 안 돼! 내가 원하지 않으니까……! 그는 나랑 결혼할 거야. 내가 큰 다음에. 그만큼 사랑하는 사람은 절대로 만날 수 없을 거야.'라고 말이야…… 바로 결혼 계약서를 작성하기 이틀 전이었어. 그날 저녁 언니는 그 사람하고 우리 성 앞에 산책을 하러 나갔지, 환한 달빛 아래…… 그…… 전나무 밑으로…… 그 큰 전나무 밑에…… 그 사람이 언니에게 키스를 했지…… 키스를…… 가슴에 껴안고…… 그토록 오랫동안…… 기억나지, 그렇지? 아마 첫 키스였을 거야…… 그래…… 거실로 돌아온 언니 얼굴이 너무도 창백했으니까!

나는 그 장면을 다 지켜봤어. 그쪽 화단 속에 숨어 있었거든. 화가 나서 미칠 것 같았어. 할 수만 있었다면 두 사람 다 죽여 버렸을 거야!

그리고 다짐했지. '그 사람은 절대로 언니하고 결혼할 수 없어, 절대로! 누구하고도 결혼할 수 없어. 그럼 내가 너무 불행해지니까……' 그러다가 갑자기 나는 그 사람을 지독하게 증오하기 시작했어.

그래서 내가 어쨌는지 알아? ……들어 봐. 그 전에 정원사가 떠돌이 개를 죽이려고 완자를 만드는 걸 본 적이 있었어. 병을 돌로 빻아서 가루를 만들어 가지고 완자 속에 그 유리 가루를 넣었던 거야.

나는 엄마 방에서 조그만 약병을 하나 꺼내 망치로 빻았지. 그리고 그 가루를 주머니 속에 숨겼어. 반짝거리는 가루였지…… 그다음 날 언니가 케이크를 만들 때 나는 칼로 그 작은 케이크들을 잘라 그 속에 유리를 넣었어…… 그 사람은 케이크를 세 개 먹었어…… 나도 한 개를 먹고. 나머지 여섯 개는 연못에 던져 버렸어…… 사흘 후에 백조 두 마리가 죽었지…… 기억나……? 아! 아무 말도 마…… 듣기만 해…… 나만 안 죽고 살아남았지…… 그치만 항상 몸이 안 좋았어…… 그냥 들어…… 그 사람은 죽었어…… 언니는 아무것도 몰라…… 계속 들어 봐…… 그건 아무것도 아니었어…… 정말 끔찍한 건 그 후야…… 그 후 내내…… 잘 들어 줘……

내 인생은, 내 평생은…… 너무도 지독한 고문이었어! 나는 결심했지. '언니를 결코 떠나지 않을 거야. 그리고 죽는 순간에 모두 다 말할 거야……'라고 말이야. 그 이후로 나는 항상 이 순간을 생각해 왔어. 모든 걸 다 말하는 순간 말이야…… 이제 그 순간이 왔어…… 정말 끔찍해…… 아! 큰언니!

나는 잠시도 잊은 적이 없어, 아침이나 저녁이나 낮이나 밤이나. 언니에게 말해야 한다는 걸…… 계속 기다려 왔지…… 얼마나 고통스러웠는지……! 이젠 다 끝났어…… 아무 말도 마…… 난 무서워…… 정말 무서워. 이제 곧 죽으면 그 사람을 볼 텐데…… 그 사람을 다시 보게 된다고…… 생각해 봐…… 이제 처음 만날 때……! 그럴 용기가 없어…… 그렇지만 봐야만 해…… 곧 죽게 될 테니까…… 언니, 나를 용서해 줘…… 꼭 그래 줘…… 그러지 않고는 그 앞에 갈 수가 없어. 오! 신부님, 언니한테 절 용서해 주라고 말해 주세요, 그렇게 말해 주세요…… 제발 부탁이에요. 그러지 않고는 죽을 수가 없어요……"

그녀는 입을 다물었다. 그러고는 헐떡거리면서 뻣뻣한 손가락으로 있는 힘을 다해 침대보를 긁었다.

언제부터인가 쉬잔은 두 손으로 얼굴을 가리고 꼼짝도 않고 있었다. 그녀는 오랫동안 진정으로 사랑했을 그 사람에 대해 생각했다. 얼마나 행복한 생활이었을까! 그녀는 사라져 버린 옛 시절 속에서 그를 다시 보았다. 이제는 자취도 없이 사라져 버린 오래전 과거 속에서. 사랑하는 망자들이여! 당신들은 얼마나 우리들 가슴을 찢어 놓는지! 아! 그 키스, 단 한 번의 키스! 그녀는 그것을 가슴 깊이 간직하고 살아왔다. 그리고 아무것도 없었다. 그 후로 평생 아무것도 없었다……!

갑자기 신부가 허리를 폈다. 그러고는 크게 울리는 힘찬 목소리로 외쳤다.

"쉬잔, 동생분이 임종하십니다!"

쉬잔은 얼굴에서 손을 뗐다. 눈물로 얼룩진 얼굴이 드러났다. 그녀는 동생을 붙들고 열렬히 키스하면서 중얼거렸다.

"용서할게, 용서할게, 꼬마 동생아……"

목걸이

아름답고 매력적인 처녀가 운명의 실수로 하급 사무원의 집에 태어나는 수가 있다. 그녀도 그중 하나였다. 그녀에게는 지참금도, 유산을 받을 희망도 없었다. 부유하고 신분이 높은 남자를 만나 이해받고 사랑받고 결혼할 연줄도 전혀 없었다. 그래서 그녀는 교육부 하급 관리와 결혼해 버렸다.

치장할 돈이 없었기 때문에 그녀는 검소한 옷차림을 했다. 그러나 그녀는 실수로 낮은 신분에 떨어진 사람처럼 불행하다고 느꼈다. 여자들에게 있어 고유한 신분이나 혈통이란 없으며 개인의 미모와 기품과 매력이 태생이나 가문을 대신한다고 생각했기 때문이다. 여자들의 경우 오직 천성적인 품위와 옷맵시와 재치만이 계급을 결정지으며, 따라서 그것만 있으면 서민의 딸이라도 귀부인과 동등할 수 있다.

그녀는 항상 불행했다. 자기야말로 세련과 사치를 위해서 태어났다고 믿었기 때문이다. 그녀는 초라한 집, 더러운 벽, 낡은 의자, 흉한 커튼에 괴로워했다. 그녀와 같은 신분의 다른 여자들이라면 전혀 신경 쓰지 않았을 이 모든 것들이 그녀를 괴롭히고, 화를 돋우었다. 집안일을 맡아 하는 브르타뉴 태생의 하녀가 초라한 집 안을 청소할 때면 그녀는 비탄에 잠겨 걷잡을 수 없이 공상의 세계로 빠져들어 갔다. 동양에서 가져온 진귀한 직물로 도배되어 조용하기 이를 데 없는 대기실을 키 큰 청동 촛대에 꽂힌 촛불이 밝혀 준다. 커다란 안락의자에는 반바지 차림의 키 큰 하인 둘이 난롯불의 온기에 나른해진 채 잠들어 있다. 오래된 비단으로 도배된 커다란 살롱에는 진귀한 골동품들이 섬세하게 세공된 가구들 속에 진열되어 있다. 향기롭고 앙증맞은 작은 살롱은 오후 5시에 절친한 친구들과 담화를 즐기는 공간이다. 모든 여자들이 선망하고, 서로 시선을 끌고자 하는 저명하고 인기 있는 남자들이 찾아올 터였다.

저녁 식사 시간에 사흘이나 빨지 않고 그대로 사용한 식탁보를 씌운 둥근 식탁에서 남편과 마주 앉을 때면, 그리고 남편이 수프 냄비의 뚜껑을 열면서 황홀한 표정으로 "아, 맛있는 스튜로군. 이보다 좋은 건 없어……."라고 말할 때면, 그녀는 멋진 만찬을 꿈꾸었다. 그곳에는 은식기가 반짝이고 사방 벽은 온통 동화 속에 나오는 숲속에 있는 고대의 인물들과 진귀한 새들을 짜 넣은 태피스트리로 장식되어 있다. 기막히게 맛있는 음식들이 훌륭한 식기에 담겨 나오고, 사람들은 장밋빛 송어와 암탉 날갯죽지를 먹으면서 수수께끼 같은 미소 아래로 은밀한 말들을 교환한다.

그녀에게는 나들이옷도, 보석도, 그야말로 아무것도 없었다. 그런데 그녀는 그런 것만 좋아했다. 자기는 오로지 그런 것만을 위해 태어난 듯 생각되었다. 정말이지 그녀는 사람들 마음에 들고 싶었고, 시샘과 매혹과 추구의 대상이 되고 싶었다.

그녀에게는 부자 친구가 한 명 있었다. 수녀원에서 함께 공부하던 친구였지만 이제는 찾아가 만나고 싶지도 않았다. 그 집에서 돌아올 때면 너무도 괴로웠기 때문이다. 그럴 때면 그녀는 며칠씩이나 계속 울었다. 슬픔과 후회와 절망과 고통에 몸부림치면서.

그러던 어느 날 저녁, 남편이 손에 커다란 봉투를 들고 의기양양하게 돌아왔다.

"자, 당신한테 주는 선물이오."

그녀는 급히 봉투를 뜯고 안에 든 카드를 꺼냈다. 거기에는 "교육부 장관 조르주 랑포노 부부가 1월 18일 관저에서 열리는 파티에 루아젤 부부를 초대합니다."라고 인쇄되어 있었다.

남편은 아내가 기뻐할 줄 알았다. 그러나 그녀는 기뻐하기는커녕 화난 듯 초대장을 식탁에 집어던지며 중얼거렸다.

"이런 게 다 무슨 소용이람?"

"그치만 여보, 나는 당신이 좋아할 줄 알았는데. 당신은 별로 외출할 기회가 없잖소. 그러니 이건 좋은 기회라고! 이걸 얻느라고 얼마나 고생한 줄 아는 거요? 모두들 서로 갖겠다고 야단이었소. 하급 직원들한테는 몇 장 나오지 않으니까. 거기 가면 공직자들을 모두 볼 수 있을 거요."

그녀는 화난 눈빛으로 남편을 바라보았다. 그러고는 참을 수 없다는 듯 내뱉었다.

"도대체 뭘 걸치고 가란 말이에요?"

그는 그런 것까지는 생각해 보지 않았다. 그래서 말을 더듬었다.

"왜, 극장에 갈 때 입는 옷 있잖소. 내 눈엔 괜찮던데……"

그는 우는 아내를 보고는 깜짝 놀라 그대로 입을 닫았다. 커다란 눈물방울 두 개가 눈꼬리에서 입가로 흘러내렸다. 그는 말을 더듬었다.

"아니 왜? 왜 그래요?"

그녀는 혼신의 힘을 다해 눈물을 참고 젖은 뺨을 닦으며 침착하게 대답했다.

"아무것도 아니에요. 그냥 옷이 없어서 파티에 갈 수 없다는 거예요. 초대장일랑 다른 사람에게 주세요. 나보다 나은 옷을 가진 부인들 말이에요."

남편은 아내가 가엾게 생각되었다.

"자, 마틸드. 거, 얼마쯤이면 될까? 적당한 옷 말예요. 다른 때도 입을 수 있게 단정한 걸로."

그녀는 잠깐 생각해 보았다. 옷값 견적을 내는 한편으로, 그녀는 하급 관리에다 절약가인 남편이 놀라 자빠져서 일언지하에 거절하지는 않을 액수를 가늠해 보았다.

마침내 그녀는 머뭇머뭇하며 말했다.

"정확하게는 모르겠어요. 그렇지만 400프랑 정도면 어떻게 해 볼 것 같아요."

그의 얼굴이 약간 창백해졌다. 실은 총을 사기 위해서 정확하게 그만큼의 액수를 저축해 두고 있었다. 올여름 그 총을 가지고 몇몇 친구들과 함께 낭테르의 들판으로 사냥을 갈 작정이었던 것이다. 실제로 그의 친구들은 모두들 일요일마다 그곳으로 종달새 사냥을 가곤 했다.

그는 대범하게 말했다.

"좋아. 400프랑을 주겠소. 대신 아주 예쁜 옷을 준비해요."

파티 날이 며칠 앞으로 다가왔다. 그런데도 루아젤 부인은 슬프고 초조해 보였다. 파티복이 이미 완성되었는데도 말이다. 어느 날 저녁 남편이 물었다.

"무슨 일이에요? 며칠 전부터 좀 이상한 것 같구려."

"보석이 하나도 없잖아요. 장신구라고는 일절 없으니. 틀림없이 초라해 보일 거예요. 그러느니 안 가는 게 나아요."

"생화를 꽂고 가면 되잖소. 이런 계절에는 매우 멋질 거야. 10프랑만 주면 멋진 장미를 두세 송이 살 수 있을 거예요."

하지만 그녀는 요지부동이었다.

"아니에요…… 부유한 여자들 사이에서 누추한 꼴로 있는 것처럼 자존심 상하는 일은 없어요."

그러자 남편이 좋은 생각이 난 듯 큰 소리로 말했다.

"바보 같으니라고! 포레스티에 부인한테 가면 되잖소. 보석 좀 빌려 달라고 해요. 친한 친구니까 그 정도 부탁은 해 볼 수 있잖소."

그녀는 환성을 질렀다.

"정말 그래요. 왜 그 생각을 못했을까."

다음 날 그녀는 친구 집에 가서 난처한 처지를 털어놓았다.

포레스티에 부인은 거울 달린 옷장으로 가서 큰 상자를 꺼내 와서는 뚜껑을 활짝 열었다. 그리고 친구에게 말했다.

"자, 골라 봐."

그녀는 먼저 팔찌 몇 개를 보고, 다음에는 진주 목걸이, 그리고 보석이 정교하게 세공된 베니스제 금십자가를 보았다. 그녀는 거울 앞에서 그것들을 끼고, 걸어 보았다. 그녀는 보석을 걸쳐 볼 때마다 풀어서 돌려주기를 아쉬워하며 머뭇거렸다. 그러면서 친구에게 계속 물었다.

"다른 건 없니?"

"또 있지. 찾아봐. 뭐가 네 맘에 들지 통 알 수가 없구나."

갑자기 그녀의 눈에 확 띄는 것이 있었다. 다이아몬드가

수없이 박힌 멋진 목걸이가 검은 비단 상자 속에 들어 있었다. 하도 탐이 나서 가슴이 두근거렸다. 그녀는 부들부들 떨리는 손으로 그것을 집어 목에 걸었다. 가슴이 드러나지 않는 옷을 입었는데도 굉장히 멋졌다. 그녀는 거울에 비친 제 모습에 스스로 황홀해졌다.

그녀는 머뭇거리며 물었다. 안 빌려줄까 봐 겁이 나 죽을 지경이었다.

"이걸 빌려주겠니? 딴건 말고 이것만."

"그럼, 빌려주고말고."

그녀는 친구의 목을 와락 끌어안고 세차게 뽀뽀했다. 그러고는 그 진귀한 보물을 가지고 도망치듯 집으로 돌아왔다.

파티 날이 되었다. 루아젤 부인은 대성공을 거두었다. 그녀는 누구보다도 아름다웠다. 그녀는 우아하고 상냥하며 명랑하고 기쁨이 넘쳤다. 남자란 남자는 모두 그녀를 바라보고 그녀의 이름을 물었으며, 그녀에게 자신을 소개하고 싶어 했다. 장관실의 고관들도 모두 그녀와 춤추고 싶어 했다. 장관도 그녀를 눈여겨보았다.

그녀는 기쁨에 도취되어 쉬지 않고 춤을 추었다. 아무 생각도 하지 않았다. 다만 본인의 아름다움의 승리와 성공에 취해 있었다. 완전한 승리였다. 그녀에 대한 찬사와 찬미, 그녀에게 보내지는 욕망의 시선이 증명해 주었다. 어느 여자인들 감미롭게 느끼지 않으랴! 그녀는 행복의 구름 위에 둥둥 떠 있는 것 같았다.

그녀는 새벽 4시쯤 무도회장을 나왔다. 그녀의 남편은 이미 자정부터 부인을 기다리는 다른 세 명의 남편들과 함께 살롱에서 졸고 있었다.

남편은 돌아갈 때 입으려고 준비해 온 윗옷을 그녀의 어깨에 걸쳐 주었다. 평상시에 입는 그 옷의 초라함은 우아한 야회복과 대비되어 더욱 눈에 띄었다. 그녀는 값비싼 모피를 두른 여자들 눈에 띄지 않기 위해 재빨리 도망치려 했다.

루아젤이 그녀를 붙잡았다.

"좀 기다려요. 밖에 나가면 감기 걸리니까. 곧 마차를 불러 오겠소."

그러나 그녀는 남편 말을 듣지 않고 급하게 계단을 내려왔다. 길거리에는 마차가 없었다. 그래서 그들은 멀리 지나가는 마차를 소리쳐 부르며 이리저리 뛰었다.

하는 수 없이 그들은 추위에 떨면서 센 강 쪽으로 내려갔다. 강둑길에 이르러서야 겨우 낡은 마차 한 대를 발견했다. 누추한 모습을 백주에 드러내기가 부끄러워서일까? 어쨌든 파리에서 그런 마차는 밤에만 운행되었다.

그들은 그 마차를 타고 마르티르 거리에 있는 집으로 돌아와서 침울하게 계단을 올랐다. 아내는 생각했다. '이제 다 끝났어.' 남편은 남편대로 오늘 아침 10시에 바로 출근해야 할 것을 생각했다.

그녀는 거울 앞에 서서 어깨를 감쌌던 윗옷을 벗었다. 자신의 영광스러운 모습을 마지막으로 한 번 보기 위해서였다. 돌연 그녀가 외마디 소리를 질렀다. 목걸이가 없던 것이다.

"무슨 일이야?" 남편이 옷을 벗다 말고 물었다.

그녀는 혼비백산하여 남편 쪽으로 돌아섰다.

"모…… 목…… 포레스티에 부인의 목걸이가 없어졌어요."

남편은 깜짝 놀라 자리에서 벌떡 일어섰다.

"뭐……? 뭐라고……? 어떻게 그런 일이!"

그들은 야회복과 외투 자락 사이사이 그리고 호주머니 등을 샅샅이 뒤졌지만 목걸이는 찾지 못했다.

루아젤이 물었다.

"무도회장을 나올 때 걸고 있던 건 확실하오?"

"그럼요. 관저 현관에서 만져 보았는걸요."

"길에서 잃어버렸다면 소리를 들었을 테니까 아마 마차에 떨어뜨렸을 거요."

"그래. 그런 것 같아요. 마차 번호를 기억해요?"

"아니. 당신은 봤소?"

"아뇨."

그들은 넋을 잃고 우두커니 서로 얼굴을 마주 보았다. 얼마 후 루아젤은 다시 옷을 입었다.

"우리가 걸어 온 길로 다시 한 번 가 보겠소. 혹시 길에 흘리지나 않았는지 봐야겠어요."

이렇게 말하고 그는 밖으로 나갔다. 아내는 누울 힘도 없어서 야회복을 입은 채 의자에 주저앉았다. 그러고는 불기도 없는 방에 그대로 멍청히 앉아 있었다.

7시쯤 남편이 돌아왔다. 아무것도 발견 못 했다고 했다.

그래서 그는 경찰서에 신고도 하고, 신문에 현상 광고를 내고, 여러 마차 회사를 찾아가는 등 조금이라도 가망성이 있는 곳은 모두 가 보았다.

그녀는 이 무서운 재난에 얼이 빠져 하루 종일 우두커니 기다리고만 있었다.

저녁때 루아젤이 돌아왔다. 볼이 쑥 들어간 데다 안색도 창백했다. 아무것도 찾지 못했다.

"당신 친구에게 목걸이 고리가 고장 나서 수선을 맡겼다고 편지를 써야겠소. 그사이에 더 찾아보도록 합시다."

그녀는 남편이 부르는 대로 편지를 받아 적었다.

일주일이 지났다. 이제 아무 희망도 남아 있지 않았다.

그사이 오 년은 늙은 것 같은 루아젤이 잘라 말했다.

"이제 어쩔 수 없어. 같은 걸 구하는 수밖에."

다음 날 그들은 목걸이 상자에 쓰인 주소를 가지고 보석상을 찾아갔다. 보석상은 장부를 뒤져 보고 나서 말했다.

"그 목걸이는 저희 집 물건이 아닙니다. 저는 케이스만 팔았을 뿐입니다."

그래서 그들은 모든 보석상을 돌아다녔다. 서로의 기억을 더듬으며 잃어버린 목걸이와 같은 것을 구하려고 애썼다. 두 사람 모두 고통과 초조감에 초주검이 되었다.

그러던 중 그들은 팔레루아얄 근처의 상점에서 자기네들이 찾던 것과 똑같아 보이는 목걸이를 발견했다. 가격은 4만 프랑이었다. 그러나 3만 6000프랑까지 맞춰 주겠다고 했다.

그들은 보석 상인에게 사흘간 말미를 달라고 부탁했다. 그리고 잃어버린 물건을 2월 말까지 찾으면 3만 4000프랑에 되사 달라는 조건을 달았다.

루아젤에게는 부친에게서 물려받은 1만 8000프랑이 있었다. 나머지는 모두 빌릴 수밖에 없었다.

그는 여기저기서 돈을 빌렸다. 1000프랑, 500프랑, 100프랑, 60프랑…… 액수를 가리지 않고 빌렸다. 차용 증서를 쓰고, 고리대금업자를 비롯하여 온갖 돈놀이꾼들로부터 닥치는 대로 돈을 빌렸다. 그는 노년에 비참해질 것을 각오하고, 과연 계약대로 이행할 수 있을지 어떨지도 모르면서 눈 딱 감고 서명했다. 그리고 앞날의 고생과 곧 닥쳐올 비참한 생활과 육체적 곤궁과 정신적 고통에 대한 두려움으로 가위눌리는 가슴을 안고 목걸이를 사러 갔다. 그러고는 보석상 카운터 위에 3만 6000프랑을 내놓았다.

루아젤 부인이 목걸이를 포레스티에 부인에게 가지고 갔을 때, 포레스티에 부인은 언짢은 얼굴로 말했다.

"좀 일찍 가져오지 그랬니. 나도 쓸데가 있단 말이야."

포레스티에 부인은 보석 상자를 열어 보지 않았다. 실로 루아젤 부인은 그것을 몹시 두려워하고 있었다. 목걸이가 바뀌었다는 사실을 눈치채면 어찌 생각할 것이며 또 자신은 뭐라고 해명해야 할까? 자신을 도둑이라고 생각지나 않을까?

루아젤 부인은 가난한 살림의 고통을 몸소 겪게 되었다. 실제로 그녀는 용감하게 즉시 결심을 했다. '이 엄청난 부채를 갚아야만 해. 꼭 갚을 거야.'라고. 그들은 하녀를 내보내고 지붕 밑 다락방으로 이사했다.

그녀는 힘든 집안일과 귀찮고 더러운 부엌일을 손수 해냈다. 기름때 낀 솥과 냄비를 닦으며 설거지를 하느라 그녀의 장밋빛 손톱은 엉망이 되었다. 더러운 속옷과 셔츠와 행주를 빨아 줄에 널어 말리고, 매일 아침 쓰레기를 들고 길에까지 내려가며, 층마다 멈춰 서서 숨을 돌리면서 물을 길어 날랐다. 그뿐 아니라 서민 복장에 바구니를 들고 과일 가게, 식료품 가게, 정육점을 돌아다니며 욕을 먹어 가면서 한 푼이라도 아끼려고 흥정에 흥정을 거듭했다.

달이면 달마다 그들은 빚에 시달렸다. 어떤 빚은 갚고, 또 어떤 빚은 연장하여 기한을 늦추어야 했다.

남편은 일과가 끝난 저녁, 상점의 장부를 정리했다. 때로는 밤중까지 1페이지에 5수를 받고 원고 베끼는 부업을 했다.

이런 생활이 십 년 동안 계속되었다.

그리고 십 년이 지났을 때 그들은 모든 것을 청산할 수 있었다. 모든 것을, 그렇게나 높았던 이자, 이자에 대한 이자까지.

루아젤 부인은 이제 폭삭 늙었다. 그녀는 가난한 아줌마들이 으레 그렇듯이 힘세고 건장하고 시끄러운 여자가 되어 있었다. 머리에 빗질도 하지 않고 치마가 비뚤어져도 상관하지 않았다. 손은 붉었고 목소리는 컸으며 물을 콱 끼얹어 마루를 닦기도 했다. 그러나 가끔 남편이 관청에 나가고 없을 때면 그녀는 창가에 앉아 그 옛날의 파티 기억을 떠올리곤 했다. 그 무도회, 자신이 그렇게도 아름다웠고 찬미받았던 그 무도회.

목걸이를 잃어버리지 않았더라면 어떻게 되었을까? 누가 알랴? 누가 알랴! 인생이란 어쩌면 이리도 이상하고 변화무쌍한지! 어쩌면 그렇게 사소한 일로 한 사람이 홀딱 망하고 또 흥하기도 하는지!

그러던 어느 일요일의 일이다. 루아젤 부인은 일주일간의 고된 일에서 벗어나 샹젤리제에서 휴식을 취하고 있었다. 그때 문득 아이를 데리고 산책하는 부인이 눈에 띄었다. 포레스티에 부인이었다. 그녀는 여전히 젊고 아름답고 매혹적이었다.

루아젤 부인은 가슴이 뭉클했다. 말을 걸어 볼까? 그래, 그래야지. 이제 빚도 다 갚았겠다, 자총지종을 털어놓아도 상관없지 않겠는가.

그녀는 다가갔다.

"잔, 잘 있었니?"

상대방은 그녀를 알아보지 못했다. 서민 여자가 그렇게 허물없이 말을 붙여 놀랍고 당혹스러워할 뿐이었다.

"저…… 부인…… 사람을 잘못 보신 거 아닌가요?"

"아니, 나야, 나. 마틸드 루아젤."

상대편은 놀라서 소리를 질렀다.

"어머……! 얘, 마틸드, 어쩜 이렇게 변했니?"

"그래, 그동안 참 힘들었어. 우리가 만나지 못한 동안 말이야. 비참한 생활을 했어…… 그런데 그게 다 너 때문이었어!"

"나 때문이라니, 어째서?"

"기억나니? 장관 댁 파티에 갈 때 네가 빌려준 그 다이아몬드 목걸이 말이야."

"응. 그게 뭐?"

"실은 그걸 잃어버렸더랬어."

"뭐라고? 내게 돌려주지 않았니?"

"아냐, 다른 걸 돌려준 거야. 똑같은 걸로. 그 빚을 갚는 데 십 년이나 걸렸단다. 우리 처지에 그게 어디 쉬운 일이니. 아무 재산도 없었는데 말이야…… 그렇지만 다 끝났어. 그래서 정말 홀가분해."

포레스티에 부인은 어느새 발걸음을 멈추었다.

"아니, 내 목걸이 대신 새 다이아몬드 목걸이를 샀다고?"

"그래. 감쪽같이 속았지? 정말 똑같았다니까."

말을 마친 그녀는 의기양양하고 흡족하여 순진한 미소를 지어 보였다.

포레스티에 부인은 벅차하며 마틸드의 두 손을 잡았다.

"어휴, 가엾은 마틸드! 내 건 가짜였어. 기껏해야 500프랑밖에 안 되는 거였다고!"

전원에서

옥타브 미르보[31]에게

어느 작은 온천 도시에서 가까운 시골의 언덕 밑에 오막살이 두 채가 나란히 자리 잡고 있었다. 두 농부는 자식들을 부양하기 위해 힘들여 척박한 땅을 갈았다. 두 집에는 똑같이 자녀가 넷씩 있었다. 그래서 현관 앞에는 아침부터 저녁까지 조무래기들이 복작거렸다. 두 집 모두 맏이가 여섯 살이었고 막내는 십오 개월쯤 되었다. 이들 부부는 거의 같은 시기에 결혼을 했고, 또 거의 같은 때에 자식들을 낳았던 것이다.

엄마들은 섞여 있는 아이들 가운데서 자기 아이들을 겨우 구별했고 아빠들은 전혀 구별하지 못할 정도였다. 여덟 개의 이름들이 머릿속에 맴돌면서 자꾸 혼동되었다. 그리하여 한 명을 부르려면 서너 개를 부르고서야 겨우 맞는 이름을 찾을 수 있었다.

롤르포르 온천으로부터 오는 길 쪽에서 앞쪽에 있는 집인 튀바슈네는 여자아이가 셋, 사내아이가 하나였고 그 뒤에 있는

31 Octave Mirbeau(1850~1917). 모파상의 친구로 극작가이자 소설가다.

발랭네 오두막에는 여자아이 하나와 사내아이 셋이 있었다.

그들은 모두 수프와 감자와 신선한 공기만으로 겨우 연명했다. 아침 7시와 정오 그리고 저녁 6시에 엄마들은 아이들을 불러 수프를 주었다. 마치 거위지기가 동물들을 모아 먹이를 주듯이. 아이들은 오십 년이나 써서 반들반들하게 닳은 나무 탁자에 나이순으로 줄지어 앉았다. 막내는 식탁이 턱에 닿았다. 그들 앞에는 커다란 사발이 놓였다. 그 속에는 물에 불린 빵과 삶은 감자, 양배추 반 통, 그리고 양파 세 개가 들어 있었다. 아이들은 달려들어 배가 찰 때까지 먹었다. 막내는 아직 어려서 엄마가 떠먹였다. 일요일에는 특식으로 고기가 조금 든 스튜를 먹었다. 그럴 때면 아빠는 식탁에서 일어나지 않고 머뭇거리면서 몇 번이고 "매일 이렇게 먹으면 좋겠는데."라는 말을 되풀이했다.

8월의 어느 오후, 날렵한 마차 한 대가 두 오막살이 앞에 멎었다. 마차를 몰던 젊은 여인이 옆에 앉은 신사에게 말했다.

"아! 저기 좀 보세요, 앙리, 저 애들 좀 보세요! 참 예쁘죠, 저렇게 먼지 날리는 속에서 놀고 있다니!"

남자는 아무 말도 하지 않았다. 이제 이런 감탄에는 익숙했던 것이다. 이는 그에게 고통을 주었고 거의 비난처럼 여겨지기도 했다.

젊은 여인이 계속했다.

"뽀뽀 좀 해 줘야겠어요! 아! 내게도 저런 조그만 애가 하나 있었으면."

그녀는 마차에서 뛰어내려 아이들에게로 달려갔다. 그러고는 제일 어린 꼬마 중의 한 명, 튀바슈네 막내를 안아 품에 안고는 더러운 양쪽 뺨과 진흙투성이 금발 곱슬머리와 빠져

나가려고 버둥거리는 고사리 같은 작은 손에 힘껏 뽀뽀했다.

그러고는 다시 마차에 올라타더니 휭하니 사라졌다. 그러나 그녀는 그다음 주에 또 왔다. 이번에는 땅바닥에 쪼그리고 앉아 꼬마를 품에 안고는 과자를 실컷 먹였다. 다른 아이들에게도 사탕을 주었다. 그런 다음 여자아이 하나와 놀기 시작했다. 그녀의 남편은 마차 안에서 참을성 있게 기다렸다.

그녀는 또다시 찾아와 아이 부모와 인사를 했다. 그다음부터는 매일같이 주머니에 군것질거리와 동전을 가득 넣고 그들을 찾아왔다.

그녀는 앙리 뒤비에르 부인이라는 사람이었다.

어느 날 아침, 이번에는 그녀의 남편이 함께 마차에서 내렸다. 그러고는 그녀를 반기는 아이들 곁에 멈춰 서지 않고 바로 오두막집 안으로 들어갔다.

오두막 안에서는 아이들의 부모가 수프를 끓이려고 장작을 패고 있었다. 그들은 깜짝 놀라 일어서서 의자를 내놓고는 가만히 기다렸다. 젊은 여인이 떨리는 목소리로 더듬더듬 말하기 시작했다.

"여러분, 제가 이렇게 온 건…… 댁의…… 꼬마를…… 저희 집에 데려가고 싶어서……"

농부 부부는 너무나 놀라서 멍하니 앉은 채 아무 대답도 못 했다.

젊은 여인은 숨을 돌린 다음, 말을 이었다.

"우리에게는 아이가 없어요. 남편하고 저, 둘뿐이에요…… 댁의 아이를 데려가도…… 괜찮으시겠어요?"

그제야 말뜻을 깨달은 농부 아낙이 물었다.

"우리 샤를로를 데려가겠다고요? 아니, 안 돼요. 그럴 수는 없어요."

그러자 뒤비에르가 나섰다.

"아내가 설명을 잘못한 것 같군요. 우리는 댁의 아이를 양자로 삼고 싶습니다. 그렇지만 영영 아이를 못 보는 건 아닙니다. 아이가 두 분을 보러 올 테니까요. 아이가 별문제 없이 잘 크면 우리 집의 상속자가 될 거예요. 우리에게 아이가 생기더라도 댁의 아이는 우리 아이들과 똑같이 상속받을 겁니다. 혹시 아이가 우리 기대에 어긋날 경우라도 우리는 아이가 성년이 되는 해에 2만 프랑을 줄 겁니다. 바로 그날로 공증인에게 아이 명의로 맡기겠습니다. 두 분 부모님분도 따로 생각해 두었습니다. 두 분이 돌아가실 때까지 매달 100프랑씩 드리겠습니다. 이해되십니까?"

농부 아낙이 화를 내면서 자리에서 일어섰다.

"우리 샤를로를 팔라고요? 아! 절대로 안 돼요. 애 엄마에게 어떻게 그런 부탁을 해요? 아! 정말이지! 안 돼요! 말도 안 된다고요."

농부는 심각한 얼굴로 아무 말도 하지 않았다. 그러나 계속해서 머리를 끄떡이며 아내 말에 찬성의 뜻을 표했다.

뒤비에르 부인은 어쩔 줄 몰라 울기 시작했다. 그러고는 언제나 제 마음대로 해 온 철부지 어린애같이 울먹이는 목소리로 남편에게 중얼거렸다.

"앙리, 글쎄, 안 된대요. 안 된다네요!"

그녀의 남편은 다시 한 번 그들을 설득하려 했다.

"그래도 생각해 보세요. 아이 장래와 행복을 위해서……"

농부 아낙은 불같이 화를 내며 사내의 말을 가로막았다.

"이제 더 들을 것도 없고, 생각해 보고 자실 것도 없어요…… 자, 돌아들 가세요. 그리고 다시는 우리 집에 오지 마세요. 어떻게 남의 아이를 데려갈 생각을 품을 수가 있어요!"

집에서 나오던 뒤비에르 부인은 작은 꼬마가 두 명이었던 것이 생각났다. 그녀는 무엇이든 마음대로 해야 했고 또 조금도 기다리지 못하는 성격이었기 때문에 울음도 그치지 않은 채 그 자리에서 물었다.

"그런데 다른 꼬마는 댁의 아이가 아닌가요?"

튀바슈 아범이 대답했다.

"네, 그 애는 옆집 아이입니다. 원하신다면 가 보세요."

그러고는 화난 아내가 고래고래 소리를 지르고 있는 집 안으로 도로 들어갔다.

발랭 부부는 식사 중이었다. 그들은 두 사람 사이에 놓인 접시에서 버터를 칼끝으로 조금 떠서 빵 조각에 살짝 발라 천천히 먹고 있었다.

뒤비에르는 똑같은 제안을 되풀이했다. 그러나 이번에는 아까보다 신중하고 조심스러웠다.

농부 부부는 거절의 뜻으로 머리를 흔들었다. 그러나 한 달에 100프랑씩 준다는 얘기를 듣자 귀가 솔깃하여 서로 얼굴을 쳐다보고 눈길을 교환했다.

그들은 한참을 어찌할 바를 모르고 망설이며 아무 말도 하지 않았다. 마침내 아낙이 물었다.

"여보, 당신 생각은 어때요?"

남편은 점잔을 빼면서 대답했다.

"가볍게 거절할 일은 아니라고 보는데."

그러자 뒤비에르 부인은 초조해하면서 아이의 장래와 행복 그리고 그 아이가 나중에 부모에게 줄 돈에 대한 이야기를 늘어놓기 시작했다.

농부 아낙이 물었다.

"연금 1200프랑은 공증해 주실 건가요?"

뒤비에르가 대답했다.

"그럼요, 내일이라도 해 드리지요."

아낙은 잠시 생각하더니 이야기를 계속했다.

"한 달에 100프랑은 애를 데려가는 데 비하면 좀 부족해요. 몇 년만 있으면 그 애도 일할 수 있을 테니까요. 그러니 120프랑은 주셔야겠어요."

초조해서 발을 구를 지경인 뒤비에르 부인은 즉각 승낙했다. 그러고는 바로 아이를 데려가고 싶어서 100프랑을 그 자리에서 선물로 주었다. 그동안 남편은 증서를 꾸몄다. 시장과 이웃 사람 한 명이 부름을 받고 달려와 증인이 되어 주었다.

수속이 끝나자 젊은 여인은 상점에서 장난감을 사가듯이 울부짖는 아이를 안고 떠났다.

튀바슈 내외는 아무 말도 하지 않고 근엄한 얼굴로 문 앞에 서서 이웃집 아이가 떠나는 것을 지켜보았다. 어쩌면 거절한 일을 후회하는지도 몰랐다.

이후 사람들은 꼬마 장 발랭의 이야기를 전혀 듣지 못했다. 장의 부모는 매달 공증인에게서 120프랑씩을 꼬박꼬박 타 왔다. 그들은 이웃인 튀바슈네와 사이가 틀어졌다. 튀바슈 부인이 집집마다 돌아다니며 그들 욕을 해 댔기 때문이다. 자식을 그렇게 팔아먹다니 인간도 아니라는 둥 가증스럽고 더러운 타락이라는 둥 하면서.

때때로 튀바슈 부인은 보란듯이 샤를로를 품에 안고는 아이가 말을 알아듣기라도 하듯 외쳐 대는 것이었다.

"샤를로, 나는 너를 팔아먹지 않았어. 나는 자식을 팔아먹는 사람이 아니야. 부자는 아니지만 자식을 팔지는 않아."

이는 몇 해가 지나도 매일 변함없이 반복되었다. 그녀는 날마다 이웃집에서 들으라는 듯이 문 앞에 나와 똑같은 욕을 해 댔다. 그러다 보니 튀바슈 부인은 자식을 팔지 않았다는 사실 덕에 자기가 이 지방에서 제일 훌륭한 사람이라고 믿게 되었다. 그리고 사람들은 그녀에 대해 말하곤 했다.

"솔깃한 조건이었어. 하지만 튀바슈 부인은 엄마로서 할 도리를 다했어."

사람들은 그녀를 칭찬했다. 샤를로는 이제 열여덟 살이 되었다. 귀에 못이 박히게 그 이야기를 듣고 자란 그는 자기 자신이 다른 아이들보다 우월하다고 생각했다. 부모가 팔지 않은 자식이므로.

발랭네는 연금 덕택에 제법 여유 있는 생활을 누릴 수 있었다. 여전히 비참한 생활을 하는 튀바슈네가 쉬지 않고 욕을 해 대는 것도 바로 여기에 연유했다.

튀바슈네의 큰아들은 군대에 가고, 둘째 아들은 죽었다. 이제 샤를로만 혼자 남아 늙은 아버지를 도와 어머니와 두 누이동생을 부양했다.

그가 스물한 살이 되던 해였다. 어느 날 아침 멋진 마차가 두 오두막집 앞에 멎었다. 금시곗줄을 걸친 젊은 신사가 마차에서 내리더니 머리가 센 노부인을 부축해 내렸다. 노부인이 말했다.

"얘야, 여기란다. 저기 두 번째 집이야."

그러자 그는 제 집에 들어가듯이 거침없이 발랭의 오두막집으로 들어갔다.

늙은 발랭 부인은 앞치마를 빨고 있었다. 불구인 아범은 화덕 곁에서 졸고 있었다. 두 사람이 동시에 고개를 들었다. 청년이 인사했다.

"어머니, 아버지, 안녕하셨어요?"

그들은 깜짝 놀라 일어섰다. 부인은 경황이 없어 물속에 비누를 빠뜨리고는 겨우 한마디를 더듬거렸다.

"아니, 네가 내 아들이니? 정말, 내 아들이란 말이지?"

그는 부인을 끌어안고 다시 한 번 말했다. "어머니, 건강하셨어요?" 발랭은 감동으로 몸을 떨면서, 그러나 예의 그 침착한 태도를 잃지 않고 말했다. "장, 이제 왔니?" 마치 바로 한 달 전에 집을 떠난 아들을 맞는 것처럼.

인사가 끝나자 그들 부부는 곧 아들을 온 동네에 자랑하기 위해 데리고 나갔다. 그들은 시장과 부시장, 신부 그리고 선생님 집을 잇달아 방문했다.

샤를로는 자신의 오두막집 문지방에 서서 그들이 지나가는 것을 지켜보았다.

저녁 식사 때 그가 부모에게 물었다.

"발랭네 아이를 데려가게 하다니, 왜 그렇게 어리석은 짓을 하셨어요?"

부인이 고집스럽게 대답했다.

"자식을 팔고 싶지 않았단다."

아버지는 아무 말도 하지 않았다.

아들이 말을 이었다.

"그런 좋은 기회를 놓치다니, 얼마나 원통한 일이에요!"

그러자 튀바슈가 화를 내며 말했다.

"아니, 우리가 너를 안 보냈다고 비난하는 거냐?"

"그래요, 바보라고 비난하는 거예요. 그런 부모는 자식을 불행하게 할 뿐이에요. 그러니 제가 부모님을 떠날 만도 하죠."

부인은 접시를 앞에 놓고 울었다. 숟가락으로 수프를 떠 먹고 있었지만 반 이상을 흘렸다. 그녀가 흐느끼며 물었다.

"자식을 키운 게 죄니. 그게 죽을죄라도 되는 거니?"

그러자 아들이 퉁명스럽게 대답했다.

"이렇게 살 바에야 태어나지 않는 게 나아요. 조금 전에 그 사람을 보았을 때 피가 거꾸로 도는 것 같았어요. '나도 저런 사람이 되어 있었을 텐데.' 하는 생각이 들었죠."

그는 자리에서 일어섰다.

"제가 여기 없는 편이 나을 것 같아요. 안 그러면 매일 아침부터 저녁까지 부모님을 원망하고 괴롭힐 테니까요. 저는 절대로 두 분을 용서하지 못할 거예요!"

두 늙은이는 아무 말도 하지 않았다. 절망으로 흐느낄 뿐이었다.

아들이 말을 이었다.

"정말이지 생각해 보면 너무 괴로울 것 같아요. 그러니 멀리 떠나 사는 게 나아요."

그는 문을 열었다. 사람들의 목소리가 들려왔다. 발랭 가족이 돌아온 아들을 위해 잔치를 벌이고 있었다.

샤를로는 발로 땅을 구르고는 부모 쪽으로 돌아 소리쳤다.

"순 촌사람들!"

그러고는 어둠 속으로 사라졌다.

머리채

독방의 벽은 벽지도 없이 흰 석회가 그대로 드러나 있었다. 손이 닿지 않도록 높은 곳에 뚫어 놓은 좁은 창문에는 철창살이 쳐져 있었다. 그 창문으로부터 들어온 빛이 이 음산한 방을 밝게 비추었다. 광인은 짚으로 바닥을 댄 의자에 앉아 초점 잃은 눈으로 멍하니 우리를 바라보았다. 그는 피골이 상접한 데다 볼이 쑥 들어가 몰골이 형편없었다. 머리는 하얗게 셌는데 최근 몇 달 새 갑자기 그리된 듯했다. 헐렁해진 옷이 말라빠진 팔다리와 졸아든 가슴, 푹 꺼진 배 위에서 따로 놀았다. 그 사나이는 마치 과일이 벌레에 파먹히듯 어떤 생각에 잠식된 것 같았다. 그의 광기, 즉 그가 품은 고정 관념은 집요하게 그의 머리에 달라붙어 아귀같이 그를 집어삼켰다. 그것은 그의 육신을 서서히 좀먹어 들어갔다. 눈에 보이지도, 손에 잡히지도, 만져지지도 않는 관념이 그의 육신을 파먹고, 피를 빨고, 생명을 꺼뜨리고 있었다.

몽상 때문에 죽다니, 얼마나 신비한 일인가! 이 귀신들린 사나이는 보는 이에게 고통과 두려움과 연민을 불러일으켰다. 잠시도 쉬지 않고 찌푸렸다 폈다 하며 굵은 주름을 만드는 이 이마 뒤에는 어떤 이상하고 무섭고 치명적인 생각이 도사린 걸까?

의사가 말했다.

"저 사나이는 가끔 광폭한 발작을 일으킨답니다. 저도 저렇게 이상한 환자는 별로 본 적이 없을 정도지요. 사체에 대한 색정증에 걸려 있어요. 일종의 시간증(屍姦症)이지요. 저 사람 일기가 있는데 자기 정신병에 대해 정말이지 자세히 기록해 놨어요. 증상이 손에 잡히듯 확실히 드러나 있는 셈이지요. 원하시면 한번 읽어 보시죠." 그래서 나는 의사를 따라 진찰실로 가서 그 불쌍한 사나이의 일기를 넘겨받았다. 의사가 말했다. "자, 읽어 보시고 선생님 의견을 들려주십시오."

아래에 옮겨 적은 것이 바로 그 일기의 내용이다.

서른두 살이 될 때까지 나는 연애도 하지 않고 안정된 생활을 했다. 인생은 매우 단순하고 즐겁고 살기 쉬운 것 같았다. 나는 부자였다. 좋아하는 것도 워낙 많았기 때문에 특별히 어느 하나에 집착하지 않았다. 삶이란 얼마나 좋은가! 매일 아침 나는 행복한 기분으로 잠에서 깨어났다. 그러고 낮에는 좋아하는 일을 한 다음, 저녁이면 걱정 없는 내일과 미래에 대한 기대 속에서 만족한 마음으로 잠자리에 들었다.

정부가 몇 명 있었다. 그러나 욕망으로 괴로워하거나 소유한 후에 사랑 때문에 괴로워한다거나 하는 일은 결코 없었다. 그렇게 사는 것이 좋았다. 물론 사랑하는 것이 더 좋다. 그러나 그것은 무서운 일이다. 평범한 사랑을 하는 남녀 역시 지극한 행복을 느끼겠지만 내 사랑보다는 못할 터다. 그것은 믿기 어려울 만큼 신비롭게 나를 찾아왔기 때문이다.

나는 부자였다. 그래서 취미로 고가구와 골동품을 수집했다. 때때로 나는 그 물건들을 쓰다듬었을 미지의 인물들의 손과 그것들을 감탄하며 바라보았을 그들의 눈과 그것들을 사랑했을 마음을 그려 보곤 했다. 실제로 우리는 물건을 정말 사랑할 수가 있다. 나는 때때로 몇 시간 동안이나 계속해서 지난 세기에 만들어진 조그만 시계를 바라보곤 했다. 칠보에 금장식이 세공된 시계는 정말이지 너무도 예쁘고 깜찍했다. 게다가 여전히 정확하게 가고 있었다. 옛날 어느 여성이 이 정교한 보석을 손에 넣는 기쁨에 들떠 그것을 샀던 바로 그날과 다름없이 말이다. 그것은 쉼 없는 기계의 삶을 지속해 왔다. 한 세기 전부터 규칙적으로 째깍거리며 달려왔다. 이것을 최초로 따뜻한 가슴 위에 걸었던 여인은 누구였을까? 자기 가슴 위에서 이 시계의 고동을 느꼈던 최초의 여인은 누구였을까? 따스한 손가락 끝으로 그것을 잡고, 돌려 보고, 또 돌려 보다가는 피부의 습기 때문에 목동들의 그림이 흐려졌다고 정성 들여 칠보를 닦은 손은 어떤 손이었을까? 꽃무늬로 장식된 시계의 문자반 위에서 기다리던 시간을, 그리운 시간을, 신성한 시간의 도래를 훔쳐본 눈은 어떤 눈이었을까?

그 멋지고 귀한 물건을 선택한 여인을 만날 수만 있다면! 그렇지만 그녀는 죽었다. 나는 옛날 여인들에 대한 욕망에 사로잡혔다. 나는 사랑을 알았던 모든 여인들을 사랑한다. 아주 멀리서! 옛사랑의 이야기는 내 마음을 안타깝게 한다. 아! 아름다움이여, 여인의 미소여, 청춘의 애무여, 설렘이여! 왜 이 모두는 영원할 수 없는가?

나는 며칠씩 밤을 새워 그 아름답고 상냥하고 온화했을 옛 여인들을 생각하며 울었다. 두 팔을 벌리고 키스를 받아들였던, 이제는 죽어 버린 가련한 여인들을! 그러나 키스는 죽지 않는다. 그것은 입술에서 입술로, 한 세기에서 다른 세기로, 한 시대에서 다른 시대로 전해진다. 사람들은 그것을 주고받고 그리고 죽는다.

과거는 나를 끌어당기고, 현재는 나를 두렵게 한다. 왜냐하면 미래는 곧 죽음이기 때문이다. 나는 지나간 것을 아쉬워하고, 이전에 살았던 모든 사람들을 애도한다. 나는 세월을, 시간을 중지시키고 싶다. 그러나 시간은 흘러 지나간다. 그것은 시시각각 나를 조금씩 소모시키며 내일의 무(無)를 향해 나아간다. 그러고 나면 나는 절대로 되살아날 수 없다.

과거의 여인들이여, 안녕히. 나는 당신들을 사랑한다.

그러나 나를 동정하지는 말라. 나는 기다리고 기다리던 여인을 만났으니까. 그리고 쾌락의 극치를 맛보았으니까.

어느 맑게 갠 아침, 나는 즐거움에 넘쳐 가벼운 발걸음으로 파리 시내를 거닐었다. 산책자들이 으레 그러듯이 나는 막연한 눈으로 가게들을 훑어보았다. 그러던 중 한 골동품점에 놓인 17세기 이탈리아 가구가 눈에 띄었다. 정말 아름답고 구하기 힘든 것이었다. 아마도 당시에 유명했던 베니스의 가구장이 비텔리의 작품이리라.

이런 생각을 하면서 나는 무심코 그 앞을 지나쳤다.

그러나 왠지 그 가구가 자꾸 생각이 나서 나는 왔던 길을 되돌아갔다. 그리고 또다시 그 가게 앞에 멈춰 섰다. 가슴속에서 그것을 갖고 싶은 유혹이 솟아났다.

유혹이란 얼마나 이상한지! 어떤 물건을 바라보고 있노라면 그것은 마치 여자의 얼굴처럼 서서히 우리를 매료하고 마음을 뒤흔들며 침범해 온다. 마법 같은 그것의 매력이 몸속에 스며든다. 그 물건의 형태, 빛깔, 모양으로부터 나오는 매력이. 그것을 사랑하게 되었나 싶으면 어느새 우리는 그것을 원하고 있고, 갖고 싶어 한다. 소유의 욕망이 밀려온다. 처음에는 부드럽고 수줍게. 그러나 곧 물

밀듯이 격렬해져서 억제할 수 없는 지경이 된다.

상인들은 우리의 타는 듯한 시선에서 점증하는 비밀스러운 욕망을 곧바로 읽어 낸다.

나는 그 가구를 사서 즉시 집으로 배달시켰다. 그리고 침실에 들여놓았다.

아! 골동품을 새로 사들인 수집가의 신혼여행같이 달콤한 행복을 모르는 사람들은 얼마나 불쌍한가! 수집가는 마치 골동품이 살아 있는 육체라도 되는 양 눈과 손으로 애무한다. 끊임없이 그 곁에 붙어 있으며, 어디에 있건 무엇을 하건 그것을 생각한다. 길거리를 걸을 때도, 사람들과 함께 있을 때도 언제나 그 사랑스러운 자태가 그의 머리를 떠나지 않는다. 집에 돌아가면 그는 장갑도 모자도 벗지 않고 애인을 찾듯 급히 그것부터 보러 간다.

일주일 동안 나는 정말 그것에 흠뻑 빠져 살았다. 시도 때도 없이 문을 열어 보고 서랍을 빼 보았다. 기쁨에 넘쳐 그 물건을 이리저리 움직여 보면서 소유의 온갖 기쁨을 맛보았다.

그러던 어느 날 저녁 그 가구의 깊이를 재어 보다가 벽면 사이에 물건을 숨길 수 있는 공간이 있음을 발견했다. 심장이 뛰기 시작했다. 나는 그 공간을 찾아내느라 밤을 새웠다. 그러나 아무리 해도 그 비밀을 밝혀낼 수 없었다.

다음 날은 결국 해냈다. 나무판 틈새에 칼끝을 집어넣고 밀자 나무판 한 장이 떨어져나왔다. 그 뒤에 있는 공간에는 검은 벨벳이 깔려 있었고 그 위에는 멋진 여자의 머리채가 놓여 있었다.

그렇다. 머리채였다. 너무도 짙어서 붉은빛이 감돌 정도인 금발을 땋은 것이었다. 머리 뿌리에서부터 바짝 자른 듯이 보이는 그 머리채는 금빛 끈으로 묶여 있었다.

너무도 놀랐다. 몸이 부들부들 떨릴 지경이었다. 느낄 듯 말 듯한 향기가, 향기의 혼이랄 정도의 매우 오래된 향기가 이 신비로운 서랍에서, 이 놀라운 유물에서 풍겨 나왔다.

나는 거의 종교적인 경건함을 품고 그것을 천천히 집어 들었다. 그러자 둘둘 말렸던 것이 풀어져 땅바닥까지 닿았다. 혜성의 꼬리처럼 빛나는, 두텁고도 가벼우며 매우 부드러운 금빛 물결이었다.

이상한 감동이 나를 사로잡았다. 이건 도대체 무엇일까? 언제, 어떻게, 왜 이 머리채가 가구 속에 들어갔을까? 어떤 사연이, 어떤 사건이 숨어 있는 걸까?

누가 이 머리채를 잘랐을까? 이별의 날, 연인이? 복수의 날, 남편이? 아니면 이 머리채의 주인이 손수 절망의 날에?

수녀원에 들어가는 날, 그 여성이 살아 있는 사람들의 세계에 남기는 보증으로 이 사랑의 유물을 이곳에 던진 걸까? 젊고 아름다운 여자를 무덤에 묻을 때 그 여자를 사랑하던 남자가 이 머리채를 간직한 걸까? 그녀의 몸 중에서 썩지 않는 단 한 부분, 그가 고통에 몸부림칠 때면 사랑하고 애무하고 키스할 수 있는 단 하나의 부분을?

이 머리채를 낳은 육신은 이제 한 줌도 남아 있지 않은데 이것만이 아직까지 이렇게 남아 있다니 정말 이상하지 않은가?

머리채는 손가락 새로 미끄러지며 기묘한 죽은 여자의 애무로 피부를 간질였다. 너무도 감동되어 눈물이 나올 것 같았다.

나는 그것을 손에 쥐고 한참 동안 바라보았다. 그러자 마치 그 속에 그녀의 영혼이 깃들어 있는 것처럼 가슴이 설레었다. 나는 세월에 빛바랜 벨벳 위에 그것을 도로 올려놓고 서랍을 닫은 다음 가구를 닫았다. 그러고는 밖으로 나가 생각에 잠겼다.

무작정 그냥 걸었다. 무척 슬펐다. 그러나 한편으로는 매우 동요되었다. 이는 사랑의 키스가 남기는 뒷맛과도 같았다. 마치 내가 그 시절에 살아서 그녀를 알았던 것 같은 느낌이 들었다.

그러자 비용[32]의 시가 흐느낌같이 입술에서 새어나왔다.

내게 말해 다오, 어드메, 어느 나라에 있는가
로마의 미녀 플로라,
알키피아데스,
그녀만치 아름다웠던 타이스,
강 위나 못 위에 소리 날 때마다
언제나 대답하는
인간의 미를 초월한 '메아리'는?
그러나 어드메 있는가 옛날의 눈(雪)은?

인어의 목소리로 노래했던
백합처럼 흰 왕후 블랑슈,
발이 큰 베르트, 비에트리스, 알리스,
멘 지방을 다스렸던 아랑부르지스,
또 영국인이 루앙에서 불태운
로렌 처녀 잔 다르크,
성모 마리아여, 어드메 있는가 그들은?
그러나 어드메 있는가 옛날의 눈은?

집으로 돌아왔을 때 나는 그 기묘한 물건을 다시 보고 싶은 욕망을 참을 수가 없었다. 그것을 다시 꺼내들었다. 그것을 만지자 온몸에 전율이 일었다.

32 15세기의 프랑스 시인 프랑수아 비용. 아래에 인용된 시는 「옛 미희들을 노래하는 발라드」의 일부.

그 후로 며칠 동안 나는 평소와 다름없이 생활했다. 그러나 머리채에 대한 생각은 결코 머릿속에서 떠나지 않았다.

집에 돌아가기만 하면 그것을 보고 만지지 않고는 못 배겼다. 가구를 열쇠로 열 때면 애인의 방문을 여는 것처럼 가슴이 두근거렸다. 죽은 머리칼의 금빛 물결 속에 손가락을 담그고 싶은 막연하고 기묘한 관능적 욕망이 끊임없이 솟아 손가락과 가슴에 눌어붙었다.

애무가 끝나면 나는 그것을 장 속에 넣고 문을 잠갔다. 그래도 머리채의 존재는 여전히 의식되었다. 살아 있는 사람을 가두어 놓기나 한 것처럼 말이다. 그러면 다시 욕망이 일었다. 그리고 참을 수 없도록 강렬해졌다. 다시 그것을 꺼내어 쓰다듬고, 그 차갑고 미끄럽고 감질나고 미칠 것 같으면서도 감미로운 접촉의 쾌락에 아프도록 탐닉하고 싶은 욕구에 사로잡히는 것이었다.

이런 상태에서 한 달을 보냈다. 어쩌면 두 달이었는지도 모른다. 기억이 확실하지 않으니까 말이다. 머리채는 나에게 들러붙어 떨어지지 않았다. 나는 마치 사랑의 기대 속에 사는 사람처럼, 사랑의 고백 후 포옹의 기회를 엿보는 사람처럼 행복하면서도 고통스러웠다.

나는 머리채와 단둘이서 방에 틀어박혀 그것을 쓰다듬고, 그 속에 입술을 파묻고, 키스를 하고, 그것을 깨물었다. 얼굴 주위에 그것을 두르고, 냄새를 들이마시고, 그 금빛 물결에 눈을 대고 금빛 광선을 바라보았다.

그것을 사랑했다. 정말이지 사랑했다. 그것 없이는 살 수가 없었고 그것을 보지 않고는 한시도 견딜 수 없었다.

그러면서 나는 기다리고 또 기다렸다. 무엇을? 나는 잘 알았다. 그녀였다.

어느 날 밤 나는 갑자기 잠이 깼다. 방 안에 누군가가 있는 느낌이 들었던 것이다.

방 안에는 아무도 없었다. 그러나 다시 잠들 수가 없었다. 불면증에 전전반측하던 나는 잠자리에서 일어나서 머리채를 꺼냈다. 평소보다 부드럽고 생기 있는 것 같았다. 죽은 자들이 되살아나는 걸까? 나는 그것에 뜨거운 키스를 퍼부었다. 그러자 행복감에 기절할 것만 같았다. 나는 그것을 가지고 침대로 돌아와 마치 곧 내 사람이 될 애인에게 하듯 키스하면서 함께 누웠다.

죽은 자들이 되살아난다! 그녀가 왔다. 그렇다. 나는 그녀를 보고, 그녀를 품에 안고, 그녀를 소유했다. 그녀는 오래전 살아 있을 때와 똑같았다. 금발에 키가 크고 풍만하며 젖가슴은 차갑고 허리는 날씬했다. 그녀 목에서부터 발끝에 이르기까지 그녀 육체의 파도치는 멋진 굴곡을 나는 빠짐없이 애무했다.

그렇다. 나는 그녀를 범했다. 밤낮을 가리지 않고. 그녀가 되살아났다. 죽은 여인, 그 아름다운 죽은 여인이. 멋지고 신비로운 생명부지의 여인은 밤마다 되살아났다.

내 행복은 너무도 커서 남에게 감출 수가 없었다. 그녀 곁에서 나는 인간 이상의 행복을 맛보았다. 잡을 수도 볼 수도 없는 죽은 여인을 범하는 도저히 설명할 수 없는 깊은 기쁨이었다. 이 세상의 어떤 남자도 그처럼 열렬하고 무서운 환희를 맛보지 못했으리라!

나는 내 행복을 감출 수 없었다. 나는 그녀를 너무도 사랑했기 때문에 한시도 그녀 곁을 떠나고 싶지 않았다. 나는 아내처럼 당당하게 그것을 데리고 시내에 나갔고, 정부처럼 은밀하게 극장의 숨겨진 좌석으로 데리고 갔다…… 그러나 사람들은 그것을 보고…… 사정을 알아차리고…… 그것을 내게서 빼앗았다…… 그리고 나를 범죄자처럼 감옥에 집어넣었다. 내게서 그걸 빼앗다니…… 아! 이럴 수가……!

수기는 거기서 끝나 있었다. 나는 당혹한 시선으로 의사를 바라보았다. 그때 돌연 무서운 외침이, 무력한 분노와 절망적인 욕망의 외마디 소리가 들려왔다.

"저 소리를 들어 보세요. 우리는 하루에 다섯 번이나 저 음란한 미치광이를 씻겨야 한답니다. 오직 베르트랑 중사만이 죽은 여자들을 사랑한 건 아니랍니다."[33]

나는 놀랍고 당혹스럽고, 한편으로는 안쓰러워 어쩔 줄 모르고 더듬거리며 물었다.

"그런데…… 그 머리채는…… 정말로 존재합니까?"

의사는 일어나서 유리병과 의료 도구가 가득 찬 장을 열었다. 그러고는 나에게 긴 금발 머리채를 휙 던졌다. 그것은 금빛 새처럼 진료실을 가로질러 내게로 날아왔다.

부드럽고 가벼운 그것의 촉감이 손에 느껴지는 순간, 나의 몸에는 전율이 일었다. 혐오와 욕망에 가슴이 두근거렸다. 그것은 범죄에 관계된 물체처럼 같이 혐오스러웠으며, 비열하고 신비스러운 물건의 유혹처럼 욕망을 불러일으켰다.

의사는 어깨를 으쓱했다.

"인간에게는 모든 게 가능하답니다."

33 1850년경 일어난 사건에 대한 암시다. 베르트랑 중사는 편집광으로 무덤을 파헤치고 시체와 통정했다.

유산

세르부아 부부의 점심시간이었다. 마주 앉은 그들의 얼굴에는 우울한 기색이 완연했다.

세르부아 부인은 키가 자그마한 금발 여인이었다. 장밋빛 살결에 파란 눈, 사랑스러운 자태의 그녀는 고개를 숙인 채 천천히 식사했다. 슬픈 상념에 사로잡힌 듯한 모습이었다.

양 볼에 구레나룻을 기른 세르부아는 키가 크고 건장한 남자로, 그 풍모가 장관이나 사업가 같았다. 그는 오늘 왠지 신경질적이고 초조해 보였다.

드디어 그는 누구에게랄 것도 없이 혼잣말을 하듯 천천히 말했다.

"정말이지 놀라운 일이야!"

그의 아내가 물었다. "뭐가요, 여보?"

"보드레크가 우리에게 아무것도 안 남겼다니 말이오."

세르부아 부인은 얼굴을 붉혔다. 분홍빛 베일이 목덜미부터 시작하여 얼굴 전체에 퍼지는 것 같은 갑작스러운 홍조였다. 그녀가 말했다.

"어쩌면 공증인에게 유서를 남겼을지도 몰라요. 그건 아직 모르잖아요?"

하지만 그녀는 뭔가 아는 눈치였다. 세르부아는 잠시 생각에 잠겼다. "그래, 그럴지도 몰라. 그 친구는 우리와 무척 가까웠잖소. 외출하는 법도 없고, 이틀에 한 번꼴로 우리 집에서 식사를 했지. 당신에게 선물도 많이 했고. 아마도 그걸로 우리에게 보답하려던 게지. 그렇지만 우리 같은 친구한테는 유서에다 뭔가 남기는 법이오. 내가 병이 들었어도 당연히 그 친구에게 뭔가 남겼을 거요. 물론 당신이 내 상속인이기는 하지만 말이오."

세르부아 부인은 눈을 내리깔았다. 그녀는 남편이 닭고기를 써는 틈에 코를 풀었다. 몰래 흐느꼈던 것처럼.

그는 말을 이었다. "그래, 공증인 사무실에 유서가 있을지도 몰라. 거기 우리 이야기가 있을지도 모르고. 큰 걸 바라는 건 아니오. 다만 그 친구가 우리를 사랑했음을 보여 주는 정도랄까, 기념품 정도면 되지."

그러자 그의 아내는 망설이는 듯한 목소리로 말했다.

"당신이 원한다면 점심 먹은 후에 라마뇌르 씨 사무실에 가 보십시다. 그러면 자세한 걸 알 수 있겠지요."

세르부아가 잘라 말했다. "그래, 그게 좋겠군."

그는 귀족 집안의 집사같이 생긴 얼굴을 끄덕였다. 옷을 버리지 않기 위해서 냅킨을 턱받이처럼 목둘레에 두른 까닭에 검은 구레나룻이 하얀 냅킨 위에 두드러져 보였다. 마치 몸뚱이 없는 머리통만 달랑 냅킨 위에 얹어진 듯했다.

그들이 라마뇌르의 사무실에 들어가자 직원들 사이에 미

묘한 기류가 흘렀다. 그곳 사람들은 모두 세르부아를 잘 알았지만 세르부아는 일부러 큰소리로 자기 이름을 댔다. 그러자 수석 서기가 황급히 자리에서 일어났다. 그동안 차석 서기는 애써 미소를 감추었다.

부부는 곧 공증인의 사무실로 안내되었다.

라마뇌르는 몸 전체가 공처럼 둥글둥글했다. 머리는 마치 커다란 공 위에 붙여 놓은 작은 공 같고 몸통 아래에 달린 다리는 어찌나 짧은지 그 또한 두 개의 작은 공 같았다.

그는 인사를 하고 의자를 가리켰다. 그러고는 의미심장한 눈길을 보내면서 세르부아 부인에게 말했다.

"안 그래도 와 주십사 하고 편지를 쓰려던 참이었습니다. 보드레크 씨의 유서 문제로요. 부인과 관계가 있으니까요."

세르부아는 거보라는 듯이 대답했다. "그럼 그렇지. 그렇고말고."

공증인이 계속했다.

"유서를 읽어 드리지요. 길지 않으니까요."

그는 제 앞에 놓여 있던 서류를 집어 들고 읽기 시작했다.

아래에 서명한 폴 에밀 시프리앵 보드레크는 몸과 마음이 건강한 상태에서 마지막 의사를 밝힌다.

인간은 불시에 죽음을 맞이할 수 있다. 그러므로 나는 죽음에 대비하여 유서를 써서 라마뇌르 씨에게 맡기려 한다.

나에게는 직계 상속자가 없으므로 모든 재산, 즉 40만 프랑 상당의 주식과 60만 프랑 상당의 부동산을 조건 없이 클레르 오르탕스 세르부아 부인에게 남긴다. 나는 죽은 친구의 헌신적이고 깊은 사랑과 존경의 증거로 부인이 이 유산을 받아 주기를 요청한다.

1883년 6월 15일, 파리에서 작성.

서명: 보드레크

세르부아 부인은 머리를 숙이고 미동도 하지 않았다. 반면 그의 남편은 놀란 눈을 굴리면서 공증인과 아내를 번갈아 보았다.

라마뇌르는 잠시 쉬었다가 다시 입을 열었다.

"물론 사모님께서는 선생님의 허락 없이는 이 유산을 받을 수 없습니다."

세르부아는 자리에서 일어났다. "내게 생각할 시간을 좀 주십시오."

공증인은 씩 웃으며 고개를 끄덕였다. "선생님의 입장은 잘 알겠습니다. 세상 사람들은 때때로 악의적으로 판단하니까요. 그럼 내일 이 시각까지 대답해 주시겠습니까?"

세르부아가 고개를 끄덕였다. "그러지요. 그럼 내일 뵙겠습니다."

그는 정중하게 인사를 하고 아내에게 팔을 내밀었다. 그녀는 얼굴을 붉힌 채 고집스럽게 눈을 내리깔고 있었다. 세르부아는 매우 거만한 태도로 사무실을 나섰다. 그 바람에 공증인의 서기들은 기겁을 했다.

집에 돌아오자마자 세르부아는 문을 잠그고 냉랭한 목소리로 잘라 말했다.

"당신은 보드레크의 정부였소."

모자를 벗던 아내가 홱 돌아섰다.

"어머나! 내가요?"

"그래, 당신 말이오! ……그러지 않고서야 전 재산을 한 여자에게 남길 턱이 있겠소?"

그녀는 얼굴이 핼쑥해졌다. 땅에 끌리는 긴 리본을 짧게 매던 그녀의 손이 떨렸다.

그녀는 잠시 생각한 다음, 남편의 말에 대꾸했다. "아니, 말도 안 돼요…… 당신도 아까 그러지 않았어요? 그 사람이 당신에게 뭔가 남겼을 거라고요."

"그래, 내게 남겼어야지. 당신 말고 내게 말이오……"

그녀는 묘하게 깊은 시선으로 그의 눈 속을 빤히 들여다보았다. 마치 무엇인가를 찾으려는 듯, 마치 그 속에서 이제까지 그녀가 알지 못하던 그의 진짜 모습을 찾으려는 듯. 그 모습은 결코 겉으로 드러나지 않는다. 멍한 순간이나 주의를 기울이지 않는 방심의 순간에만 짐작될 뿐이다. 그런 순간들은 인간의 신비한 영혼으로 열린 창문과도 같다. 그녀는 천천히 입을 열었다.

"그렇지만 그 사람이 그 정도로 많은 재산을 전부 당신에게 남겨 주는 것도…… 이상하기는 마찬가지일걸요."

그러자 그는 기대가 어긋난 남자가 왕왕 보이는 신경질적인 태도로 냉큼 되물었다.

"아니, 왜지?"

그녀가 말했다. "왜냐하면……" 그러다가 그녀는 뭔가 난처한 문제라도 생각난 듯, 고개를 돌리고 입을 다물었다.

그는 성큼성큼 걷기 시작했다. 그러고는 잘라 말했다.

"당신, 그걸 받지는 못하겠지?"

그녀는 심드렁하게 대답했다.

"좋아요. 그럼 내일까지 기다릴 필요도 없겠군요. 지금 당장 라마뇌르 씨에게 알리세요."

세르부아는 그녀 앞에 멈춰 섰다. 그들은 코가 닿을 듯이 가까이 마주 서서 서로의 눈을 응시했다. 그들은 보고 싶었다. 알고 싶었다. 상대방을 파악하고 정체를 폭로하고 싶었다. 함께 살면서도 서로를 모르는, 그러나 끊임없이 서로를 의심하고 냄새 맡고 상대방의 동태를 살피는 이 두 사람은 소리 없는, 그러나 한없이 열렬한 시선의 물음을 통해 상대방의 생각의 근저까지 들여다보고 싶었다.

그러다가 세르부아는 갑자기 아내의 면상에다 대고 낮게 중얼거렸다.

"자, 이제 보드레크의 정부였다고 고백하시지?"

그녀는 어깨를 으쓱했다. "당신 참 바보군요…… 보드레크는 날 사랑했던 것 같아요. 그렇지만 나를 가진 적은 없어요…… 절대로."

세르부아는 발을 굴렀다. "거짓말 마. 그럴 리 없소."

그녀는 침착하게 대답했다. "사실이 그런걸요."

그는 다시 걷기 시작했다. 그러다가 발걸음을 멈추었다.

"그렇다면 그 친구가 왜 당신에게 전 재산을 남겼는지 설명해 보시오."

그녀는 무심한 태도로 대답했다. "간단하지 않아요. 당신이 말했듯이 그 사람에게는 우리밖에 친구가 없었고 거의 우리 집에서 살다시피 했어요. 그러니 유서를 쓸 때, 우리들 생각이 났겠죠. 그 사람은 여성에게 예의 바른 신사니까 내 이름을 썼을 거예요. 왜냐하면 내 이름이 먼저 생각이 났을 테니까요. 그건 그 사람이 선물할 때 당신이 아니라 내게 준 것과 마찬가지 이치예요. 그렇잖아요? 그 사람은 항상 내게 꽃을 주었고 매달 5일이면 자질구레한 선물을 주었어요. 왜냐하면 우리가 서로를 알게 된 날이 6월 5일이었으니까요…… 당신도 잘 알잖아요. 그런데 당신에게는 아무것도 주지 않았어요. 선물은 원래 부인에게 주지 남편에게 주지 않잖아요. 그러니 그 사람이 마지막 선물을 당신이 아니라 내게 준 건 당연해요."

그녀의 태도가 너무도 침착하고 자연스러워서 세르부아는 망설였다.

그가 입을 열었다. "그래도 마찬가지야. 결과가 나쁠 거요. 모두들 으레 그렇고 그런 사이라고 생각할 거요. 그러니 받을 수 없소."

"그럼 여보, 받지 말아요. 100만 프랑쯤 없다고 치죠, 뭐."

세르부아는 아내에게 말한다기보다는 머릿속에 떠오르는 생각을 그대로 옮기듯 말하기 시작했다.

"그래, 100만 프랑. 안 돼. 체면이 말이 아닐 테니까. 할 수 없지. 내게 반을 주었어야 해. 그랬다면 문제가 없었을 텐데."

그는 자리에 앉았다. 그러고는 다리를 꼰 다음 그가 생각에 잠길 때면 으레 그러듯이 구레나룻을 손가락으로 두드리기 시작했다.

그사이 세르부아 부인은 바느질 상자를 열고 그 속에서 자수 헝겊을 꺼내어 수를 놓으며 얘기했다.

"나는 상관없으니 당신이 잘 생각해 보세요."

그는 한참 가만히 있다가 이윽고 주저주저하며 말했다.

"어쩌면 방법이 있을지도 모르겠소. 내게 유산의 반을 증여하는 것 말이오. 우리에게는 자식이 없으니까 증여할 수 있소. 그러면 세상 사람들의 입을 막을 수 있을 거요."

그녀는 심각한 태도로 대꾸했다. "어떻게 그게 사람들의 입을 막는지 이해가 안 가네요."

그는 버럭 화를 냈다. "이런, 아둔하기는. 반씩 받았다고 하잔 말이오. 게다가 사실이 그렇기도 하고. 유서가 당신 이름으로 되어 있었다는 얘기는 할 필요가 없잖소."

그녀는 다시 한 번 꿰뚫는 듯한 시선으로 그를 쳐다보았다. "당신 마음대로 하세요. 나는 어찌 되건 상관없으니까."

그러자 그는 자리에서 일어나 걷기 시작했다. 그는 또 한 번 주저하는 것처럼 보였다. 그렇지만 얼굴은 환하게 빛났다.

"아냐…… 어쩌면 완전히 포기하는 게 낫지 않을까? 그게 더 고상하지…… 그렇지만…… 아니야, 이렇게 하면 아무도 뭐라고 못 할 거야…… 지독히 체면을 따지는 사람들도 인정할 수밖에 없을 거야…… 그래, 이러면 모든 게 해결돼."

그는 아내 앞에 멈추어 섰다. "자, 비세트, 당신이 원한다면 나 혼자 라마뇌르 씨 사무실에 가겠소. 그 사람 의견도 듣고 설명도 하러 말이오. 그 사람에게 당신이 그러기 원한다고 말하겠소. 남의 이목을 생각해서, 또 괜한 험담을 막기 위해서요. 내가 유산의 반을 받는다는 게 바로 내가 이 일에 대해 확신을 품고 있음을 증명하는 일이오. 내가 상황을 알고, 또 아무 거리낌도 없음을 보여 주는 일이지. 그건 마치 내가 당신에게 '여보, 남편인 나도 받으니까 당신도 받아요.'라고 말하는 셈이오. 그게 아니라면 정말이지 받아서는 안 되는 거요."

세르부아 부인은 짧게 대꾸했다. "당신 좋을 대로 해요."

그는 이번에는 매우 수다스럽게 말하기 시작했다. "그래, 유산을 나누면 설명이 굉장히 쉬워지지. 우리는 친구에게서 유산을 받았소. 그 친구는 우리 둘 사이에 차이를 두고 싶지 않았소. 구별하고 싶지 않았던 거요. 말하자면 그 사람은 우리에게 '내가 살아 있을 때 둘 중 하나를 더 좋아했던 것처럼 내가 죽은 후에도 그 사람을 더 좋아한다.'라는 인상을 주고 싶지 않았던 거지. 물론 그 친구가 좀 더 신중히 생각했다면 분명 그리 했을 거요. 깊이 생각하지 않은 바람에 결과를 예측하지 못한 거지. 당신이 좀 전에 말했다시피 그 친구는 항상 당신에게 선물을 했소. 그러니 마지막 선물도 당신에게 한 거지."

그녀는 약간 짜증스러운 기색으로 그의 말을 막았다. "그래요. 잘 알았어요. 그러니 그렇게 길게 설명할 거 없어요. 이제 공증인에게 가 보세요."

그는 갑자기 당황한 듯 얼굴을 붉히며 말을 더듬었다. "그래요, 당신이 옳아요. 바로 가겠소."

그는 모자를 들고 그녀에게 다가와 키스하기 위하여 입술을 내밀며 중얼거렸다.

"여보, 그럼 갔다 오겠소."

그녀는 이마를 내밀었다. 그가 힘껏 키스를 하는 동안 그의 구레나룻이 그녀의 뺨을 간질였다.

그는 즐거운 표정으로 밖으로 나갔다.

세르부아 부인은 수놓던 헝겊을 떨구고 울기 시작했다.

집 팝니다

도보로 길을 떠난다는 것, 해 뜰 무렵 잔잔한 바닷가 들길을 따라 새벽이슬을 밟으며 걷는다는 것, 이 얼마나 황홀한 경험인가!

황홀감! 그것은 빛과 함께 눈 속으로, 가벼운 공기와 함께 콧속으로 그리고 바람의 숨결과 함께 피부 속으로 스며든다.

모롱이로 돌아가면서, 계곡에 들어서면서 그리고 강가에서 우연히 마주친 경치. 왜 우리는 대지와 사랑에 빠진 그러한 순간들의 감미롭고도 찰나적인 기억이 마치 아름다운 여인과 해후한 기억이라도 되는 듯 그토록 생생하고 소중하고 강렬하게 간직하는 걸까?

나에게도 그런 기억이 있다. 어느 날 나는 브르타뉴의 해변을 따라 피니스테르 곶으로 가고 있었다. 아무 생각도 없이, 그저 물결을 따라 발걸음을 옮기는 중이었다. 캥페를레 근처는 브르타뉴에서 가장 그윽하고 아름다운 지방이다.

화창한 봄날 아침이었다. 이십 년은 젊어진 느낌이 들며 청춘의 희망과 꿈이 다시 살아나는 듯한 아침이었다.

오솔길, 파도와 밀밭 사이로 끊어질 듯 이어진 흔적마저 희미한 길. 밀 이삭들은 조금도 움직이지 않았다. 파도 또한 철썩임을 멈춘 듯했다. 밀밭에서는 밀 익는 냄새가, 바다에서는 해초 냄새가 풍겨 왔다. 나는 아무 생각도 하지 않았다. 그저 묵묵히 앞으로만 나아갔다. 나는 이 주 전에 시작한 브르타뉴 해안 일주를 계속하는 중이었다. 왠지 힘이 솟는 것 같았다. 몸은 가볍고 마음은 행복하고 즐거웠다. 계속 전진했다.

정말 아무 생각도 하지 않았다! 풀밭을 뛰어다니는 동물과 햇빛 쏟아지는 푸른 하늘을 날아다니는 새가 느끼는 무의식적이고 깊으며 육체적이기까지 한 기쁨으로 충만한 이 순간에 도대체 생각 따위를 왜 한단 말인가? 멀리서 찬송가가 들려왔다. 아마도 종교 행렬이리라. 일요일이니까. 그러나 해안의 모퉁이를 돌아서는 순간 나는 우뚝 멈춰 섰다. 경이감이 밀물처럼 밀려왔다. 사람들로 가득 찬 어선 다섯 척이 바다 위에 떠 있었다. 그들은 남자, 여자, 아이들 할 것 없이 모두 플룬방 마을에서 열리는 용서의 축제[34]에 가는 길이었다.

배는 시원찮은 미풍에 밀려 해안을 따라 천천히 나아갔다. 바람은 갈색 돛을 조금 부풀렸다가는 숨이 찬 듯 이내 그것을 마스트 주변에 축 늘어뜨렸다.

사람으로 가득 찬 무거운 배는 천천히 미끄러져 갔다. 모두들 노래를 부르고 있었다. 커다란 모자를 쓴 남자들이 갑판에 서서 지르는 힘찬 소리에 여자들의 높은 소리가 어우러졌다. 이 경건하고 격렬한 대합창 사이사이, 아이들의 새된 목소리가 음정이 맞지 않는 피리 소리처럼 섞여 들었다.

34 브르타뉴 지방에서 열리는 종교 축제.

게다가 다섯 척에 탄 사람들이 모두 같은 성가를 불렀다. 그 단조로운 리듬은 조용한 하늘에 울려 퍼졌다. 다섯 척은 바짝 붙어 앞서거니 뒤서거니 하며 나아갔다.

배들은 내 앞을 지나 점차 멀어져 갔다. 노랫소리는 점점 약해져서 이윽고 들리지 않게 되었다.

청년 시절의 꿈이 으레 그렇듯, 나는 좀 유치하면서도 한없이 매혹적인 아름다움을 꿈꾸기 시작했다.

이 몽상의 시기는 왜 그렇게 빨리 지나가 버리는지! 인생에서 다시없는 이 행복한 시기는 왜 그렇게 빨리 사라지는지! 혼자가 될 때마다 희망의 꿈속을 헤맬 능력이 있다면 우리는 결코 외롭거나 슬프거나 우울하거나 비통하지 않을 터다. 얼마나 아름다운 동화의 세계인가, 모든 것이 가능한 그 환상의 세계는! 몽상의 금빛 장막 아래 인생은 또 얼마나 아름다운지!

그러나 슬프게도 그것은 끝나 버렸다.

나는 꿈을 꾸기 시작했다. 무엇을? 사람들이 끝없이 기다리고 욕망하는 것, 즉 부와 명예와 여자를.

나는 빠른 걸음으로 성큼성큼 걸어갔다. 누런 밀 이삭을 쓰다듬으며 나아갔다. 손가락이 닿자 이삭들은 고개를 숙이며 머리카락같이 손을 간질였다.

어느 조그마한 곶을 돌면서 둥글고 좁은 백사장 안쪽에 서 있는 하얀 집 한 채를 보았다. 이 집은 삼 단으로 층층대를 이루며 해안으로 이어지는 언덕 위에 있었다.

어째서 나는 이 집을 보고 가슴이 설렜을까? 무엇 때문일까? 우리는 여행 중에 때때로 이와 같이 오래전부터 알았던 것 같은 경치에 맞닥뜨리는 수가 있다. 너무도 친숙하고 너무도 마음에 들기 때문일 것이다. 정말 이곳에 처음 와 보는 걸까? 혹 언젠가 이곳에 살았던 건 아닐까? 감미로운 지평선, 나무들의 배치, 금빛 모래사장, 이 모든 것이 나를 매혹하고 마음을 들뜨게 한다.

아아! 높은 언덕 위에 선 아름다운 집이여! 거대한 층계처럼 바다 쪽으로 내려오는 테라스를 따라 여러 가지 과실수들이 줄지어 심겨 있었다. 테라스마다 스페인 금작화가 황금 면류관 같은 노란 꽃을 피웠다.

나는 발걸음을 멈추었다. 이 집이 너무도 마음에 들었다. 그 집을 가질 수 있다면 그리고 영원히 그곳에 살 수 있다면!

나는 문 쪽으로 다가갔다. 심장이 두근거렸다. 집 가까이 다가가자 울타리에 붙어 있는 큰 널빤지가 눈에 띄었다. 거기에는 "집 팝니다"라고 씌어 있었다.

나는 기쁨에 마음이 설레었다. 마치 누가 이 집을 나에게 거저 주기라도 한 것처럼. 왜, 왜일까? 나는 알 수 없다.

"집 팝니다"라. 그러니 그 집은 소유자가 없는 것과 마찬가지였다. 아무나 가질 수 있다. 나도. 그래, 나도 가질 수 있다! 왜 그렇게 기뻤을까? 왜 그렇게 설명할 수 없는 흥분을 마음 깊이 느꼈던 걸까? 이 집을 사지 못할 것을 나는 잘 알았다. 무슨 돈으로 사겠는가? 그렇지만 상관없었다. 그것은 팔 집이었다. 새장 속에 든 새는 주인의 것이지만 하늘에 날아다니는 새는 내 것이다. 주인이 없으니까.

나는 정원 안으로 들어섰다. 아아, 얼마나 아름다운 정원인가! 층층이 겹쳐 있는 화단, 십자가에 매달린 순교자처럼 팔을 벌린 장미 넝쿨, 금빛 금작화 덤불, 각 테라스 양쪽 끝에 있는 오래된 무화과나무들.

마지막 테라스에 올라선 나는 수평선을 바라보았다. 둥글고 작은 백사장이 발밑에 펼쳐져 있었다. 그 앞에는 갈색 바위 세 개가 수문장처럼 서서 난바다로부터 백사장을 지켰다. 풍랑이 심한 날이면 이 바위들이 파도를 막아 주리라.

정면의 곶에는 거대한 바위 두 개가 있었다. 하나는 서 있고, 다른 하나는 풀 속에 누워 있었다. 선돌과 고인돌이었다. 그것들은 마치 마법에 걸려 돌이 되어 버린 부부와도 같이 그 자리에 굳은 채로 작은 집을 바라보았다. 그들은 집 짓는 광경을 지켜보았을 터다. 어디 그뿐이랴? 그것들은 그 전에도 몇 세기 동안이나 아무도 살지 않는 이 만을 지켜 왔을 터다. 또한 앞으로 이 집이 무너지고 조각조각 나뉘어 먼지처럼 흩어져 없어지는 것도 지켜볼 터다. 팔려고 내놓은 이 작은 집의 운명을 말이다.

아아, 오래된 선돌과 고인돌, 얼마나 내가 이것들을 사랑하는지!

나는 내 집에 들어가듯 초인종을 눌렀다. 한 여인이 나와 문을 열었다. 선량하게 보이고 체구가 작은 늙은 하녀였다. 검은 옷을 입고 흰 수건을 쓴 모습이 꼭 베긴회[35] 수녀 같았다. 이 여인 역시 전에 본 적이 있던 것 같았다.

그녀에게 물었다.

“브르타뉴분은 아니시죠?”

그녀가 대답했다. “아니요, 선생님. 로렌 출신이랍니다.”

이어 그녀는 “집을 보러 오셨나요?” 하고 물었다.

“그렇습니다, 물론.”

나는 집 안으로 들어갔다.

35 벨기에와 네덜란드에서 조직된 종교 공동체.

모든 것이 눈에 익은 느낌이었다. 벽과 가구 등 모든 것이. 현관에 내 지팡이가 없는 것이 이상할 지경이었다.

나는 거실로 들어갔다. 돗자리를 깔아 놓은 아름다운 거실이었다. 세 개 커다란 창으로는 바다가 내다보였다. 벽난로 위에는 도자기 꽃병 몇 개와 커다란 여자 사진이 놓여 있었다. 나는 즉시 그쪽으로 다가갔다. 아는 사람이라고 확신하며. 물론 나는 그녀를 한 번도 만난 적이 없었다. 그러나 분명히 아는 사람이었다. 바로 그 여자였다. 내가 항상 기다리고 갈망하고 부르던 여자였다. 꿈속에서 보던 바로 그 얼굴이었다. 우리가 언제나 그리고 어디서나 갈구하는 여인, 곧 길모퉁이에서 만나게 되리라고 기대하는 여인, 시골길을 가다 보리밭 사이로 붉은 양산이 보이기만 하면 혹시나 그녀가 아닐까 하고 마음 설레는 여인, 여행 중에 투숙하게 된 호텔에 이미 투숙하여 우리를 기다릴 것만 같은 여인, 내가 탈 찻간에 먼저 타 있을 것만 같은 여인, 그리고 살롱에 들어갈 때마다 혹시나 도착해 있을까 기대하게 되는 바로 그런 여인이었다.

분명히 그녀였다. 의심의 여지가 없었다. 나를 바라보는 그 눈이, 영국식으로 말아 올린 머리가, 특히 그녀의 입이 그리고 오래전부터 익히 알았던 듯한 그녀의 미소가 이를 말해 주었다.

나는 즉시 물었다. "이 여성분은 누굽니까?"

베긴회 수녀 같은 하녀가 퉁명하게 대답했다.

"부인입니다."

"그럼 당신 주인이시군요?"

하녀는 신앙심 깊고 완고한 태도로 대답했다. "아니에요, 선생님."

나는 의자에 앉았다. "자, 무슨 사연인지 좀 들려주세요."

그녀는 깜짝 놀라서 꼼짝도 않고 아무 말도 하지 않았다.

나는 재차 물었다. "그럼 이 사람은 집주인이군요."

"아니에요, 선생님."

"그럼 이 집은 누구 집이지요?"

"제 주인이신 투르넬 씨 집이랍니다."

나는 손가락으로 사진을 가리켰다.

"그럼 이 여성은 누구지요?"

"부인입니다."

"주인님의 아내인가요?"

"아니에요, 선생님."

"그럼 정부인가요?"

하녀는 대답하지 않았다. 나는 다시 물었다. 이 여성을 발견한 남자에게 왠지 질투가 나고 화가 났다.

"두 분은 지금 어디 계십니까?"

"주인님은 파리에 계십니다. 그렇지만 부인은 어디 계시는지 모릅니다."

하녀가 중얼거렸다.

갑자기 내 가슴이 떨려 왔다. "아! 그럼 두 분은 이제 함께 계시지 않는군요."

"그렇습니다, 선생님."

나는 재빨리 머리를 굴렸다. 그러고는 자못 심각하게 말했다. "자총지종을 말해 보세요. 어쩌면 내가 주인께 도움이 될지도 모르겠군요. 나는 저 여자를 알아요. 나쁜 여자죠."

늙은 여자는 나를 바라보았다. 그러고는 솔직하게 터놓는 듯한 나의 태도를 보고 나를 믿었다.

"아, 선생님, 그 여잔 주인님을 무척 불행하게 만들었어요. 주인님은 이탈리아에서 부인을 알았죠. 그러고는 결혼한 것처럼 여기로 데리고 오셨답니다. 부인은 노래를 무척 잘하셨어요. 주인님이 부인을 얼마나 사랑하셨는지 보기 안쓰러울 정도였어요. 두 분은 작년에 이 지방을 여행하셨어요. 여행 중에 이 집을 발견하셨죠. 이 집은 미친 사람이 지은 곳이죠. 하긴 마을에서 8킬로미터나 떨어진 데 집을 짓다니 미치광이가 아니고 뭐겠어요? 부인은 이 집을 사서 주인님과 함께 살고 싶댔어요. 주인님은 부인을 기쁘게 하기 위해서 이 집을 사셨고요.

……두 분은 지난여름 내내 그리고 겨울이 거의 끝나 갈 때까지 이곳에서 지내셨어요. 그런데 어느 날 아침, 식사 시간이 다 되어 주인님께서 저를 부르시더니 물으셨어요.

'세자린, 부인께서 돌아오셨나?'

'아직입니다, 주인님.'

저희들은 하루 종일 부인을 기다렸답니다. 주인님은 꼭 미친 사람 같았지요. 이 지방을 샅샅이 뒤졌지만 부인을 찾을 수가 없었어요. 떠나 버린 게죠. 그렇지만 어디로 갔는지 또 어떻게 떠났는지는 전혀 알 수가 없답니다."

나는 기뻐서 어쩔 줄을 몰랐다. 너무도 기뻐서 하녀에게 뽀뽀라도 하고 싶은 심정이었다. 하녀를 껴안고 거실을 돌며 춤이라도 추고 싶었다.

아! 그녀는 떠났다. 도망쳤다. 그녀는 그 남자에게 싫증이 나서, 염증이 나서 떠나 버린 것이다. 나는 너무도 행복했다.

늙은 하녀는 이야기를 계속했다.

"주인님은 이루 말할 수 없을 정도로 상심한 채 파리로 돌아가셨어요. 그리고 저와 제 남편더러 이 집을 팔라고 분부하셨지요. 가격은 2만 프랑입니다."

그러나 내게는 더 이상 이야기가 들리지 않았다. 나는 오직 그녀만을 생각했다. 이 집을 나가기만 하면 그녀를 만날 것 같다는 생각이 들었다. 올봄 그녀는 분명히 이 고장에 돌아왔을 것이다. 이 집을 보기 위해서, 그녀의 사랑스러운 집, 그 남자만 없었더라면 너무나도 좋았을 이 집을 보기 위해서 말이다.

나는 늙은 하녀의 손에 10프랑을 쥐여 주었다. 그러고는 벽난로 위에 놓인 사진을 들고 황급히 도망쳐 나왔다. 그리고 그녀의 사랑스러운 얼굴에 정신없이 키스를 퍼부으며 달리기 시작했다.

길에 도달하자 나는 달리기를 멈추고 그녀의 얼굴을 보면서 천천히 걷기 시작했다. 그녀가 자유로워졌다니, 그녀가 도망을 쳤다니, 얼마나 다행스러운 일인가! 오늘 아니면 내일, 이번 주 아니면 다음 주에 나는 꼭 그녀를 만나게 될 것이다. 왜냐하면 그녀는 그 남자와 헤어졌으니까. 내 차례가 온 거다. 그녀가 헤어진 건 순전히 남자 탓이다.

그녀는 이 세상 어딘가에 자유로운 몸으로 있다. 내가 그녀를 안 이상, 이제 남은 일은 그녀를 찾는 것뿐이다.

나는 노랗게 익은 밀 이삭을 쓰다듬으며 가슴 깊이 바닷바람을 들이마셨다. 햇볕이 얼굴을 핥듯 간질였다. 나는 행복과 희망에 도취되어 걸어갔다. 틀림없이 그녀를 곧 만나게 될 것이다. 그리고 그녀와 함께 돌아올 것이다. 팔려고 내놓은 이 아름다운 집에서 함께 살기 위해서. 이번에야말로 그녀는 진실로 행복해질 것이다.

산장

빙하 끝자락, 만년설로 뒤덮인 산봉우리들을 가르며 흘러내린 바위투성이 골짜기에 자리 잡은 알프스 고지방의 산장들은 모두 비슷비슷하다. 이러한 통나무집 산장의 하나인 슈바렌바흐는 젬미 고개[36]를 넘는 사람들의 피난처 구실을 했다.

산장은 반년간 영업했다. 이 기간 동안 장 하우저 가족은 산장에서 기거했다. 그러나 눈이 쌓여 골짜기를 채우면서 로에슈[37] 마을로 하산하기 어려워질 때가 되면 하우저 집안의 여자들과 아버지와 세 아들은 마을로 내려가고 늙은 안내인 가스파르 아리와 젊은 안내인 울리히 쿤지 그리고 몸집이 큰 산악견 샘만이 남는다.

두 안내인과 개는 봄이 올 때까지 이 하얀 눈의 감옥에 갇혀 지내게 된다. 눈앞에는 거대한 밤호른 봉의 흰 사면만이 우뚝 솟아 있을 뿐 아무것도 없는 이곳에서, 멀리 창백하게 빛나

36 스위스의 베른 칸톤에 있는 고개.

37 프로이센어로는 로이크.

는 산봉우리들에 둘러싸여, 조그만 오두막의 지붕을 짓누르며 문과 창문을 막을 정도로 겹겹이 쌓이는 눈의 포로가 되어 견뎌 내야 하는 것이다.

드디어 하우저 가족이 로에슈로 하산하는 날이 되었다. 겨울이 다가와서 더 이상 미루면 길이 위험해질 것이었다.

옷가지를 실은 노새 세 마리를 끌고 세 아들이 먼저 출발했다. 이어 어머니 잔 하우저와 딸 루이즈가 노새 등에 함께 올라타고 출발했다.

아버지도 그들의 뒤를 따라 출발했다. 두 안내인이 아버지와 동행했다. 하산로 초입까지 배웅하려는 것이었다.

먼저 그들은 산장 앞에서부터 뻗어나간 바위 언덕 아래쪽에 있는 조그만 호숫가를 돌아갔다. 호수는 벌써 얼어붙었다. 그다음 침대보처럼 하얗게 빛나는 계곡을 따라 내려갔다. 계곡 양쪽에는 눈 덮인 산봉우리들이 어지러이 솟아 있었다.

온통 얼어붙어 빛나는 이 하얀 사막 위로 햇살이 소나기처럼 쏟아졌다. 눈부시지만 차갑기 한량없는 불꽃 같은 햇살이었다. 수많은 산의 바다에는 어떤 생명체도 보이지 않았다. 가없는 고독 속에는 아무 움직임도 없었다. 이 깊은 정적을 깨뜨리는 어떤 소리도 들리지 않았다.

다리가 긴 젊은 스위스인 울리히 쿤지는 하우저와 늙은 가스파르 아리를 뒤에 남겨 두고 노새를 타고 앞서가는 두 여인네를 따라잡았다.

젊은 여자는 다가오는 그를 보면서 슬픈 눈으로 그를 부르는 듯했다. 그녀는 몸집이 자그마한 금발 시골 처녀로 얼음 가운데서 오래 살아 색깔이 바래기라도 한 듯 창백한 젖빛 뺨과 색이 옅은 머리칼을 지녔다.

그녀 가까이 다가간 울리히는 그녀가 탄 노새 엉덩이에 손을 올려놓고 걸음을 늦추었다. 하우저 부인이 그에게 말을 걸었다. 겨우살이에 대한 온갖 주의 사항을 다시 한 번 늘어놓는 것이었다. 그가 산 위에서 겨울을 나는 것은 올해가 처음이었다. 물론 늙은 아리는 벌써 열네 번이나 눈에 덮인 슈바렌바흐 산장에서 겨울을 났지만 말이다.

울리히 쿤지는 하우저 부인의 말을 잠자코 들었지만 처녀를 쳐다보느라 제대로 귀담아듣는 것 같지 않았다. 이따금 "네, 하우저 부인." 하고 대답은 했지만 머릿속으로는 전혀 딴 생각을 하는지 무표정한 얼굴이었다.

그들은 다우베 호수에 도착했다. 계곡 깊숙이까지 이어진 평평한 호수 면은 얼어붙어 있었다. 오른쪽에는 다우벤호른 봉의 깎아지른 바위들이 뢰메른 빙하의 거대한 퇴적층 옆에 솟아 있었다. 그 위로 우뚝 솟은 빌트슈트루벨 산은 풍경을 굽어보는 듯했다.

로에슈 쪽으로 내려가는 초입인 젬미 고개 근처에 이르자 론 강 골짜기 너머로 발레 지방의 알프스가 갑자기 눈앞에 나타났다.

그것은 수많은 하얀 봉우리들의 군상이었다. 뾰족한 것, 평평한 것, 들쭉날쭉한 것…… 갖가지 봉우리들이 밝은 햇살에 찬란히 빛났다. 뿔이 둘 달린 미샤벨, 커다랗고 묵직한 비셴호른, 육중한 브루네그호른, 수많은 사람이 죽는 높고 경외스러운 피라미드 모양의 세르뱅, 무시무시한 미녀 당블랑슈.

그리고 그들 아래로 작디작은 구멍 속에, 아찔하리만큼 깊은 심연 속에 로에슈가 보였다. 마을의 집들은 마치 젬미 고개로부터 시작되어 론 강으로 뻗어나가는 거대한 크레바스

위에 던져진 모래알 같았다.

노새가 멈췄다. 꺾아지른 산허리를 따라 보이지 않을 정도로 조그만 산 아래 마을로 굽이돌며 내려가는 꼬불꼬불한 오솔길이 이제 시작되었다. 여자들이 눈 위로 뛰어내렸다.

두 노인이 도착했다. 하우저가 인사했다.

"자, 그럼 안녕히. 수고들 하시고 내년에 만나세."

아리가 따라 인사했다. "그럼 내년에."

그들은 뺨에 키스를 했다. 하우저 부인도 뺨을 내밀었다. 처녀도 따라 했다.

울리히 쿤지의 차례가 되자 그는 루이즈의 귀에 대고 속삭였다. "위에 있는 이들을 잊지 마세요." 그러자 그녀는 모기소리만큼 작게 "네."라고 대답했다. 소리가 너무 작아서 울리히는 그저 짐작만 할 따름이었다.

"자, 안녕, 건강하기를." 장 하우저가 다시 한 번 인사했다.

그러고는 여자들 앞을 지나쳐 앞장서서 내려갔다.

얼마 후 첫 번째 모퉁이를 돌자 세 사람은 시야에서 완전히 사라졌다.

두 남자는 슈바렌바흐 산장 쪽으로 발걸음을 옮겼다.

그들은 아무 말도 하지 않고 나란히 서서 천천히 걸었다. 이젠 끝났다. 그들은 네댓 달을 둘이서만, 서로 마주 보고 지내야 하는 것이다.

이윽고 가스파르 아리가 지난겨울 이야기를 꺼냈다. 그때는 미셸 카놀과 함께 지냈는데 그가 너무 늙어서 이 생활을 계속하기 힘들었다. 긴 겨울 동안 무슨 사고가 날지 몰랐기 때문이다. 물론 이 생활도 그리 지루한 것은 아니다. 중요한 것은 첫날 마음을 다잡는 일이다. 그러면 놀이나 여러 가지 오락을 하면서 시간을 보낼 수 있게 된다.

울리히 쿤지는 잠자코 이야기를 들었다. 그러나 머릿속으로는 젬미 고개의 꼬불꼬불한 산길을 따라 마을로 내려가는 사람들을 좇고 있었다.

산장이 보였다. 거의 눈에 띄지 않을 정도로 작은 점, 무시무시한 눈 바다 기슭에 던져진 한 톨의 검은 점 같았다.

문을 열자 털이 곱슬곱슬한 커다란 개 샘이 그들 주위를 겅중겅중 뛰기 시작했다.

"자, 젊은이, 이제 여자들이 없으니 우리가 저녁 준비를 해야 하네. 자넨 감자 껍질을 벗기게." 가스파르 아리가 말했다.

두 사람은 나무 의자에 앉아서 수프를 만들기 시작했다.

그다음 날 아침나절은 울리히 쿤지에게 길게 느껴졌다. 아리 할아범은 담배를 피우면서 화덕에 침을 뱉었다. 청년은 그저 창가에 멍청히 앉아 눈부시게 빛나는 눈만 바라보았다.

오후에 그는 밖으로 나가서 어제 갔던 길을 되밟았다. 혹시 두 여자가 탔던 노새 발자국이 남아 있지나 않을까 두리번거리기도 했다. 젬미 고개에 도착해서는 땅에 엎드려 로에슈 쪽을 내려다보았다.

바위틈 사이로 보이는 마을에는 아직 눈이 덮여 있지 않았다. 물론 주위는 온통 눈밭이었지만 마을을 둘러싼 전나무 숲 덕택에 마을에는 아직 눈이 침범하지 못했던 것이다. 이렇게 까마득한 데서 내려다보니 마을의 낮은 집들은 마치 들판의 돌멩이들 같았다.

하우저 양은 이제 저 회색 집들 속에 있겠지. 어느 집일까? 너무 멀어서 울리히는 그 집들을 하나하나 구별할 수 없었다. 그는 정말 내려가고 싶었다. 내려갈 수 있을 때 말이다.

해가 빌트슈트루벨의 거대한 봉우리 뒤로 사라지자 그는 산장으로 돌아왔다. 아리 할아범은 담배를 피우고 있었다. 동료가 돌아오자 그는 카드놀이를 하자고 했다. 그들은 탁자 양 끝에 마주 보고 앉았다.

그들은 오랫동안 브리스크라는 간단한 카드놀이를 했다. 그러고는 저녁을 먹고 잠자리에 들었다.

그 뒤로도 얼마 동안 같은 일과가 반복되었다. 날씨는 맑고 추웠지만 눈은 오지 않았다. 오후가 되면 가스파르 아리는 얼어붙은 산봉우리를 때때로 찾아드는 독수리 같은 새들을 잡으러 밖으로 나갔고 울리히는 매일같이 젬미 고개에 가서 마을을 바라보았다. 돌아와서는 카드놀이와 주사위, 도미노를 했다. 재미를 더하기 위해 작은 물건들을 걸기도 했다.

어느 날 아침 먼저 일어난 아리가 울리히를 불렀다. 깊고 가벼운 하얀 거품의 구름이 떠다녔다. 그것은 그들 위에 그들 주위에 소리 없이 쌓였다. 그러고는 소리를 흡수하는 두꺼운 거품 이불같이 그들을 뒤덮었다. 이는 나흘 밤낮 계속되었다. 그들은 문과 창문 앞의 눈을 파내야만 했다. 또한 영하 온도가 열두 시간 이상 계속되면 쑥돌보다도 단단해지는 눈가루 위로 올라가기 위해 길을 파고 계단을 만들어야 했다.

이후 그들은 거의 집 밖으로 나가지 않고 죄수같이 갇혀 지냈다. 그들은 집안일을 배분하여 규칙적으로 해 나갔다. 울리히 쿤지는 청소와 빨래 등 청결에 관한 일과 함께 장작 패는 일을 맡았다. 가스파르 아리는 요리하고 불을 보았다. 규칙적이고 단조로운 이러한 일을 하고도 시간이 많이 남았기 때문에 그들은 오랫동안 카드놀이나 주사위를 했다. 그들은 둘 다 조용하고 온화한 성격이었기에 결코 다투는 법이 없었다. 초조하거나 기분이 나쁜 적도, 가시 돋친 말을 하는 적도 없었다. 그들은 이미 산봉우리 위에서의 겨우살이를 위한 체념을 터득했던 것이다.

이따금 가스파르 노인은 총을 가지고 영양을 잡으러 나갔다. 가끔씩 그가 영양을 잡아 올 때면 슈바렌바흐 산장에서는 신선한 고기 잔치가 열렸다.

어느 날 아침 가스파르 노인은 여느 때처럼 사냥을 나갔다. 바깥 온도계는 영하 18도를 가리켰다. 아직 해가 뜨지 않았기 때문에 그는 빌트슈트루벨 근처에서 짐승을 잡지 않을까 기대했다.

혼자 남은 울리히는 10시까지 잠자리에 누워 있었다. 그는 천성적으로 잠꾸러기였지만 언제나 정열적이고 아침잠이 없는 늙은 안내인과 함께 있을 때에는 결코 그런 티를 내지 않았던 것이다.

그는 밤낮으로 불가에서 잠만 자는 샘과 함께 천천히 식사를 했다. 식사가 끝나자 불현듯 혼자 있는 것이 슬프고 무서워졌다. 날마다 하던 카드놀이가 간절했다. 끊으려야 끊을 수 없는 오랜 습관인 것처럼.

그래서 보통 4시쯤이면 돌아오는 아리를 마중 나갔다.

깊은 골짜기는 눈이 쌓여 완전히 평평해져 있었다. 거대한 크레바스는 메워져 있었고 호수 두 개는 자취조차 없었다. 바위들도 눈에 가려 보이지 않았다. 커다란 산봉우리들 사이에는 눈부시게 빛나는 얼음 대야처럼 움푹하고 고른 평면이 있을 뿐이었다.

삼 주 전부터 울리히는 마을이 보이는 고개 초입에 가지 않았다. 빌트슈트루벨로 올라가기 전에 그는 그곳에 다시 한 번 가 보고 싶었다. 이제는 로에슈도 눈에 덮여 있었다. 하얀 외투 때문에 집들도 잘 구별되지 않았다.

그는 오른쪽으로 방향을 돌려 뢰메른 빙하 쪽으로 갔다. 끝에 쇠가 달린 지팡이로 돌보다 단단한 눈을 치면서 산사람답게 빠른 발걸음으로 걸었다. 눈으로는 이 거대한 보자기 같은 설원 위에서 움직이는 검은 점을 찾았다.

빙하 끝에 다다르자 그는 걸음을 멈추고 노인이 정말 이곳으로 왔을까 하고 생각했다. 그러고는 좀 더 빠르고 초조한 발걸음으로 빙하 퇴석을 따라갔다.

해가 기울기 시작했다. 눈밭은 분홍색으로 물들었다. 크리스털 같은 표면으로 에는 듯한 찬바람이 일었다. 울리히는 목청을 돋워 날카로운 목소리로 길게 노인의 이름을 불렀다. 목소리는 죽음의 적막 속으로 날아갔다. 산봉우리들은 이미 이 적막 속에 잠들어 있었다. 그것은 바다 위에 퍼지는 새의 울음소리같이 깊고 움직이지 않는 차가운 거품 파도 위로 날아 멀리 사라져 갔다. 그러나 아무 대답도 들리지 않았다.

그는 다시금 걷기 시작했다. 해는 산봉우리들 뒤로 넘어갔다. 산봉우리에는 아직도 보랏빛 잔광이 남아 있었지만 골짜기는 이제 컴컴했다. 그러자 청년은 덜컥 겁이 났다. 겨울 산의 침묵과 추위와 고독과 죽음이 몸속으로 엄습하는 듯했다. 갑자기 그는 혈액 순환이 멈추고, 피가 얼어붙고, 수족이 마비되어 그 자리에 옴짝달싹 못 한 채 얼어 죽을 것만 같았다. 그는 집 쪽으로 뛰어 달아나기 시작했다. 그가 없는 사이에 아리가 돌아왔을지도 모른다고 생각하면서. 아마 노인은 다른 길로 갔을 것이다. 지금쯤은 영양 한 마리를 발밑에 던져 두고 불 앞에 앉아 있을 것이다.

이윽고 산장이 보였다. 굴뚝 연기는 보이지 않았다. 울리히는 더욱 빨리 달려가 산장 문을 열었다. 샘이 그를 반기며 달려들었다. 그러나 가스파르 아리는 돌아와 있지 않았다.

쿤지는 질겁하여 그대로 한 바퀴를 돌았다. 구석에 숨은 노인을 찾아내려는 듯. 그런 다음 그는 노인이 돌아오기를 기다리면서 불을 붙이고 수프를 만들었다.

이따금 그는 노인이 오는지 보기 위해 밖으로 나갔다. 이제 밤이 되었다. 창백하고 희끄무레한 산속의 밤이었다. 하늘가에는 얄팍하고 노르스름한 초승달이 산봉우리들 뒤로 떨어질 준비를 했다.

청년은 집 안으로 들어와 의자에 앉아 손발을 녹였다. 그러면서 머릿속으로 여러 사고의 가능성을 생각했다.

가스파르는 어쩌면 다리가 부러졌는지도 모른다. 혹은 구덩이에 빠지거나 발을 헛디뎌 발목을 삐었는지도 모른다. 그래서 눈 속에 추위로 마비된 채 누워 있는지도 모른다. 고통스러워 어찌할 바를 모르고. 어쩌면 깜깜한 어둠 속에서 목청껏 도와 달라고 소리를 지르는지도 모른다.

그렇지만 어디서? 이 근처의 산은 너무도 넓고 험하고 또 위험하다. 특히나 이 계절에는. 조난당한 사람을 찾으려면 아마 열 명이나 스무 명이 일주일 동안 사방으로 돌아다녀야 할 것이다.

그렇지만 울리히 쿤지는 가스파르 아리가 자정부터 새벽 1시 사이까지 돌아오지 않으면 샘과 함께 찾으러 나가기로 결심했다.

그리고 원정 준비에 착수했다.

그는 배낭 속에 이틀 치 식량을 넣고, 쇠갈고리를 준비하고는 허리에 가늘고 튼튼한 밧줄을 길게 둘렀다. 또 쇠가 달린 지팡이의 상태와 얼음 계단을 만드는 데 사용할 도끼의 상태를 점검했다. 준비를 끝내고 그는 조용히 기다렸다. 벽난로 속에서 불이 탁탁 타들어 갔다. 커다란 개는 불빛을 받으며 깊이 잠들어 있었다. 나무 상자 속에서 시계가 심장의 고동처럼 규칙적으로 째깍거렸다.

그는 계속 기다렸다. 먼 곳에서 무슨 소리가 들리지 않나 귀를 곤두세운 채. 그리고 때때로 가벼운 바람이 지붕과 벽을 스치고 지나갈 때면 흠칫 전율하면서.

시계가 12시를 쳤다. 그는 소스라치게 놀랐다. 왠지 떨리고 겁이 나서 불 위에 물을 얹어 놓았다. 길을 떠나기 전에 더운 커피를 한잔 마실 생각이었다.

시계가 1시를 치자 그는 일어나서 샘을 깨웠다. 그러고는 문을 열고 빌트슈트루벨 쪽을 향하여 나아갔다. 그는 다섯 시간 동안 쇠갈고리에 의지하여 얼음을 깨면서 바위를 올랐다. 때때로 경사가 몹시 가파를 때는 개를 밧줄에 매어 끌기도 했지만, 이러한 난관에도 굴하지 않고 계속해서 나아갔다. 6시쯤 그는 가스파르 노인이 자주 영양을 사냥하러 가던 산봉우리에 올랐다.

그리고 해가 뜨기를 기다렸다.

머리 위 하늘의 색깔이 점차로 엷어졌다. 그러다가 돌연 어디에서 나타났는지 모를 이상한 빛이 사방 백 리에 이르는 광대한 산봉우리의 바다를 비추었다. 이 어슴푸레한 빛은 마치 흰 눈 속에서 저절로 태어난 것 같았다. 빈 공간 속으로 한없이 퍼져 나가기 위해서 말이다. 점차로 먼 곳의 높은 봉우리들이 피부처럼 부드러운 분홍빛으로 변하더니 뒤이어 붉은 태양이 베른 지방 알프스의 육중한 거인들 뒤에서 나타났다.

울리히 쿤지는 다시 걷기 시작했다. 그는 사냥꾼처럼 몸을 숙이고 이곳저곳에서 흔적을 찾았다. 그리고 개에게 말했다. "뚱보야, 잘 찾아봐."

그는 산을 내려오기 시작했다. 그러면서 찬찬히 심연 속을 살펴보았다. 때때로 노인의 이름을 소리쳐 불러 봤지만 그 소리는 광대한 무언의 공간 속에서 바로 소멸했다. 때때로 그는 땅에 귀를 대 보았다. 그러면 사람 목소리가 들리는 것 같았다. 그쪽으로 달려가 다시 불러 보면 아무 소리도 들리지 않았다. 그럴 때면 지치고 절망하여 땅바닥에 주저앉았다. 정오쯤 점심을 먹고 주인과 마찬가지로 무척 지쳐 있는 샘에게 먹을 것을 주었다. 그러고는 수색을 계속했다.

저녁이 되었다. 그는 이미 산길을 50킬로미터나 걸었고 지금도 계속해서 걷고 있었다. 집에서 너무 멀리 떨어져 있는 데다 너무 지쳐서 돌아갈 엄두가 나지 않았다. 그래서 그는 눈 속에 구덩이를 파고, 준비해 온 이불을 덮고는 개와 함께 그 속에 웅크렸다. 사람과 짐승은 서로 꼭 껴안고 체온을 나누었지만 그들의 몸은 골수까지 얼어붙는 것 같았다.

울리히는 온갖 환영과 추위에 시달리느라 거의 잠을 이루지 못했다.

새벽 무렵에 그는 구덩이에서 빠져나왔다. 다리가 쇠막대처럼 뻣뻣했다. 공포감에 고함이라도 치고 싶은 심정이었다. 심장이 심하게 두근거리는 것이 무슨 소리가 들리면 놀라서 기절이라도 할 것 같았다.

자신도 이렇게 고독 속에 얼어 죽으리라는 생각이 불현듯 들었다. 죽음의 돌연한 공포는 그를 자극하여 힘 나게 했다.

그는 넘어지고 일어나기를 거듭하며 산장으로 내려갔다. 샘은 한참 뒤처졌다. 세 발만으로 절룩거리며 걸었던 것이다.

오후 4시가 되어서야 겨우 그들은 슈바렌바흐 산장에 도착했다. 집은 여전히 비어 있었다. 청년은 불을 피우고 음식을 먹은 후 곧바로 잠이 들었다. 너무도 지쳐서 아무 생각도 할 수 없었다.

그는 나무토막처럼 쓰러져 매우 오랫동안 잤다. 그러다가 돌연 '울리히' 하고 제 이름을 부르는 소리에 소스라치게 놀라 벌떡 일어났다. 꿈이었을까? 불안한 영혼들의 꿈에 나타나는 그런 이상한 부름이었을까? 아니 그렇지 않았다. 귓속에서 아직도 그 외침이 울려왔다. 그것은 이제 온몸 속에, 심지어는 떨리는 그의 손가락 끝까지 자리 잡았다. 분명히 소리가 났다. 분명히 누군가가 '울리히' 하고 불렀다. 누군가가 저기 집 근처에 있다. 의심의 여지가 없었다. 그는 문을 열고 있는 힘껏 목청을 높여 소리쳤다. "가스파르 아저씨세요?"

아무 대답도 없었다. 소리도 술렁거림도 신음도, 아무것도 없었다. 한밤중이었다. 흰 눈이 창백하게 빛났다.

바람이 일었다. 암석을 깨뜨리고, 이 버려진 높은 산 위에 아무 생명도 남겨 두지 않는 차가운 바람이었다. 그것은 불같이 뜨거운 사막의 바람보다도 더욱 메마르고 치명적인 숨결을 내뿜었다. 울리히는 다시 한 번 노인의 이름을 불렀다. "가스파르! 가스파르! 가스파르!"

그러고 기다렸다. 산 위는 적막하기만 했다. 그러자 공포감이 뼛속까지 엄습했다. 그는 한달음에 산장으로 뛰어 들어가 문을 닫고 빗장을 질렀다. 그러고는 벌벌 떨면서 의자 위에 쓰러졌다. 가스파르가 숨을 거두는 순간 자기를 불렀으리라

확신하면서.

그는 그렇게 철석같이 믿었다. 이는 자신이 살아 있다는 사실, 혹은 빵을 먹는다는 사실과 마찬가지로 전혀 의심의 여지가 없었다. 가스파르 아리는 이틀 낮, 사흘 밤 동안 어디선가, 구멍 속에서, 지하의 어둠보다도 무시무시한 깊은 순백의 계곡 속에서 죽음의 고통에 시달렸을 터다. 그렇게 이틀 낮, 사흘 밤을 고통받다가 조금 전 자신의 동료를 생각하면서 숨을 거둔 것이다. 그리고 육신에서 자유로워진 영혼은 울리히가 자는 산장으로 날아와 산 자와 교통할 수 있는 죽은 영혼만의 신비롭고 무서운 능력으로 동료를 불렀으리라. 이 목소리 없는 영혼은 자는 이의 지친 영혼에게 마지막 안녕의 인사를 한 것이다. 아니 어쩌면 제대로 찾지 않았다고 비난하면서 저주를 퍼부었는지도 모른다.

울리히는 가스파르의 영혼이 저기, 아주 가까이, 벽 너머, 자신이 막 닫은 문 뒤에 있다고 느꼈다. 그것은 불 켜진 창을 깃털로 스치는 야행성 조류처럼 집 주위를 돌아다녔다. 공포에 질린 청년은 고함치고 싶었다. 이대로 멀리 달아나고 싶었다. 그러나 문밖으로는 나가고 싶지 않았다. 그는 결코 나갈 수가 없었고 앞으로도 절대 그럴 수 없다. 시체를 찾아 묘지의 축복받은 땅속에 안치하기 전까지 노인의 유령은 밤낮으로 산장 주위를 지킬 터였다.

아침이 되어 밝은 해가 뜨자 쿤지는 약간 자신감을 되찾았다. 그는 식사를 준비하고 개에게 수프를 주고 난 후, 눈밭 어디엔가 누워 있을 노인을 생각하며 몹시 괴로운 마음으로 의자에 가만히 앉아 있었다.

그러나 밤이 산을 감싸자 새로운 공포가 엄습했다. 그는 이제 촛불 하나밖에 켜져 있지 않은 깜깜한 부엌을 걸어 다녔다. 집 한끝에서 다른 끝까지 성큼성큼 걸어 다니며 어제 들었던 무서운 외침이 단조로운 바깥의 정적을 가르지 않는지 귀를 기울였다. 그는 너무도 외로웠다. 이 세상의 어느 누구도 자신만큼 외롭지 않을 터였다. 이 광대한 눈의 사막에 홀로 있다니! 사람들이 사는 곳, 인가로부터 2000미터 위에, 움직이고 부스럭거리며 꿈틀거리는 생활로부터 이렇게 멀리 떨어져 얼어붙은 하늘 위에 홀로 있다니! 그는 어디로든, 또 어떻게 해서라도 도망치고 싶어 미칠 것 같았다. 구덩이에 떨어지더라도 로에슈로 내려가고 싶었다. 그러나 그는 문조차 열 수 없었다. 죽은 사람 역시 산 위에 혼자 있으려 하지 않을 테고, 따라서 자기의 길을 가로막으리라고 확신했기 때문이다.

자정 무렵 그는 걸어 다니느라 지치고 불안과 공포에 기진맥진하여 마침내 의자에 앉은 채로 잠이 들었다. 유령이 출몰하는 곳인 듯 침대를 무서워했기 때문이다.

돌연 어제저녁의 날카로운 소리가 다시 한 번 그의 귀를 찢었다. 어찌나 생생하고 째지는 소리였던지 그는 귀신을 밀치려고 팔을 내밀기까지 했다. 그러다 의자째 벌렁 나자빠졌다.

그 소리에 잠을 깬 샘은 놀란 듯 마구 짖기 시작했다. 그러고는 어디서 위험이 다가오는지 찾는 것처럼 집 안을 한 바퀴 돌았다. 이윽고 샘은 문 가까이에 가더니 털을 빳빳이, 꼬리를 꼿꼿이 세운 채 문 밑에 코를 대고는 킁킁거리고 어르렁거리며 세차게 냄새를 맡는 것이었다.

퀸지는 필사적으로 일어서서 한 손에 의자를 들고 고함쳤다. "들어오지 마, 들어오지 마, 들어오면 죽인다." 개는 주인의 위협에 더욱 흥분하여 보이지 않는 적을 향해 정신없이 짖어 댔다.

샘은 차츰 안정을 되찾았다. 이윽고 샘은 난롯가에 돌아가서 누웠다. 그러나 여전히 불안한지 머리를 쳐들고 눈을 굴리며 송곳니 사이로 으르렁거렸다.

울리히도 정신을 되찾았다. 그러나 무서워 죽을 지경이었기에 찬장에서 브랜디를 한 병 꺼내 잇달아 여러 잔을 마셨다. 정신이 흐릿해지면서 용기가 생겨났다. 혈관 속에 불꽃 같은 열기가 흘렀다.

이튿날 그는 거의 아무것도 먹지 않고 술만 마셨다. 그러고는 며칠 동안 짐승처럼 술에 취해 살았다. 가스파르 아리의 생각이 떠오르기만 하면 술을 찾았다. 그러고는 만취해서 바닥에 쓰러질 때까지 마셨다. 그런 다음에는 죽도록 취해 사지를 오그리고 엎드려 이마를 땅바닥에 댄 채 코를 골았다. 그러나 미친 듯이 뜨거운 알코올 기운이 조금이라도 사그라지면 예의 '울리히'라고 부르는 소리가 두개골을 관통하는 총알처럼 그를 깨우는 것이었다. 그러면 그는 여전히 휘청거리는 다리로 일어나 넘어지지 않으려고 팔을 허우적거리며 샘을 불러 도움을 청했다. 주인과 마찬가지로 미쳐 버린 듯한 샘은 문으로 달려가 발톱으로 긁고, 길고 흰 이빨로 문짝을 물어뜯었다. 그러는 동안 주인은 경주 후에 물을 마시는 사람같이 고개를 뒤로 젖히고 브랜디를 병째로 꿀꺽꿀꺽 들이켰다. 모든 생각과 기억 그리고 미칠 듯한 공포를 또다시 잠재우기 위해서.

삼 주 만에 그는 산장에 있는 알코올을 모두 마셔 없앴다. 그러나 술은 그의 공포감을 잠정적으로 마비시켰을 뿐, 취기가 진정이 되면 더욱 거세게 공포가 엄습해 왔다. 그의 강박관념은 달포 동안 술에 취해 지내는 사이 더욱 악화되고, 절대적인 고독으로 증폭되어 나사못처럼 머릿속에 단단히 박혔다. 이제 그는 우리 속에 갇힌 짐승처럼 집 안을 걸어 다니며 그자가 밖에 있는지 염탐하기 위해 문에 귀를 댔고 그자를 향해 소리를 지르기도 했다.

그러다가 피로에 지쳐 선잠이라도 들라 치면 예의 그 소리에 화들짝 놀라 깨곤 했다.

어느 날 밤 그는 궁지에 몰린 쥐처럼 더 이상 어쩔 수가 없어서 드디어 문으로 달려가 왈칵 문을 열었다. 자기를 부르는 자를 확인하고, 강제로라도 그자의 입을 다물릴 참이었다.

얼굴 가득히 냉기가 느껴졌다. 뼛속까지 얼어붙는 것 같았다. 그는 황급히 문을 닫고 빗장을 질렀다. 샘이 밖으로 나간 것조차 알지 못한 채. 그는 불가로 돌아가 장작을 집어넣고 그 앞에 앉아 몸을 녹이려고 했다. 갑자기 그는 전율했다. 누군가가 울면서 벽을 긁었던 것이다.

그는 기겁하여 소리쳤다. "꺼져." 그 말에 대답이라도 하듯 길고 고통스러운 신음이 들려왔다.

그때까지 남아 있던 이성조차 이제는 극심한 공포에 밀려 사라졌다. 그는 숨을 곳을 찾느라 빙빙 돌면서 "꺼져."라는 소리만 되풀이했다. 바깥에 있는 자는 울음소리를 내며 벽을 따라 몸을 비벼 댔다. 울리히는 그릇과 식량이 가득한 떡갈나무 찬장을 초인적인 힘으로 들어올려 문까지 끌고 가서 문을 막았다. 그러고는 매트리스, 짚방석, 의자 등 집 안의 가구란 가구는 죄다 가져다 창문을 막았다. 마치 적의 포위 공격이라도 받는 것처럼.

이제 바깥에 있는 그자는 있는 힘껏 음산한 신음을 내기 시작했다. 청년도 질세라 신음으로 응수했다.

이렇게 집 안팎에서 끊임없이 소리 지르는 사이에 며칠 밤, 며칠 낮이 지나갔다. 한쪽은 집 주위를 계속 돌면서 집을 부술 듯 세차게 발톱으로 벽을 긁었다. 집 안에 있는 쪽은 허리를 굽혀 귀를 벽에 대고 바깥에서 나는 소리를 따라다녔다. 그리고 바깥 소리에 대답하듯 무시무시한 소리로 울부짖었다.

어느 날 저녁, 울리히의 귀에는 아무 소리도 들리지 않았다. 그는 너무나 지쳐서 의자에 앉자마자 곧 잠들었다.

그가 깨어났을 때 그의 머릿속에는 아무 기억도 아무 생각도 없었다. 이 고단한 수면 동안 머리가 깨끗이 비워진 것 같았다. 그는 배가 고팠다. 그래서 먹었다.

겨울이 끝났다. 젬미 고갯길이 다시 뚫렸다. 하우저 가족은 산장으로 가기 위해 길을 떠났다.

비탈길 끝에 다다르자 여자들은 노새 등에 올라탔다. 그러고는 잠시 후에 만날 두 사람에 대해 이야기했다.

이들은 아직까지 아무도 산장에서 내려오지 않는 것을 이상하게 생각했다. 예년에는 길이 뚫리자마자 두 사람 중 한 명이 마을로 내려와 긴 겨우살이 소식을 전했기 때문이다.

드디어 산장이 보이기 시작했다. 아직까지 눈에 덮여 있는 꼴이었다. 문과 창문도 닫혀 있었다. 지붕에서 연기가 나오는 것이 보였다. 하우저 아범은 그것을 보고 안심했다. 그러나 집에 다가간 그는 현관 앞에 모로 누워 죽어 있는 큰 동물의 해골을 보았다. 독수리에게 뜯어 먹혀 뼈만 남은 형상이었다.

모두들 그것을 살펴보았다. "샘인 것 같아." 하고 하우저 부인이 말했다. 그러고는 큰 소리로 불렀다. "여봐요, 가스파르." 안에서 짐승의 것 같은 날카로운 목소리가 응답했다. 하우저가 다시 한 번 불렀다. "이보게, 가스파르." 아까와 같은 소리가 다시 들려왔다.

아버지와 두 아들은 문을 열려고 했다. 그러나 문은 꿈쩍도 않았다. 세 남자는 빈 외양간에서 옛날 성벽을 무너뜨릴 때 쓰던 병기처럼 생긴 커다란 대들보를 꺼내 왔다. 그걸로 문을 힘껏 밀었다. 나무 쪼개지는 소리가 나면서 나뭇조각이 사방으로 튀었다. 뒤이어 벼락 치는 소리가 온 집을 뒤흔들었다. 찬장이 넘어졌던 것이다. 그 뒤에 한 남자가 서 있었다. 그는 머리카락이 어깨까지, 수염이 가슴까지 내려와 있었다. 눈에는 광기가 번쩍이고 몸에는 해진 천 조각 몇 장이 걸쳐져 있었다.

처음에는 아무도 그를 알아보지 못했다. 그러나 잠시 후 루이즈 하우저가 소리를 질렀다. "엄마, 울리히야." 그러자 어머니도 머리가 센 남자가 울리히라는 사실을 알아챘다.

그는 사람들이 접근하도록 내버려 두었다. 몸에 손을 대어도 가만있었다. 그러나 사람들이 퍼붓는 질문에는 일절 대답하지 않았다. 하는 수 없이 사람들은 그를 로에슈로 데려갔다. 의사는 그가 미쳤다는 진단을 내렸다.

그의 동료인 가스파르의 행방은 전혀 알 수 없었다.

그해 여름 루이즈 하우저는 심한 기력 쇠약으로 병들어 거의 죽을 뻔했다. 사람들은 산의 냉기로 생긴 병이라고들 했다.

구멍

구타 치사. 이것이 카펫 상인 레오폴 르나르를 중죄 재판소 피고석에 세운 죄명이었다.

그의 주위에는 희생자의 미망인인 플라메슈 부인, 가구공 루이 라뒤로, 그리고 배관업자 장 뒤르당 등의 유력한 증인들이 출정해 있었다.

레오폴 르나르가 전하는 사건의 전말은 다음과 같다.

"정말이지 이 불행한 사건의 첫 번째 희생자는 저 자신입니다. 전혀 고의가 아니니까요. 재판장님께서 제 얘기를 들으시면 모든 게 자명해질 겁니다. 저는 정직하고 부지런한 사람입니다. 십육 년간이나 같은 거리에서 카펫 상점을 운영하면서 모든 이들로부터 사랑과 존경을 받아 왔습니다. 이는 이웃뿐만 아니라 절대로 헛소리하지 않는 문지기 아주머니까지도 보증하는 바입니다. 저는 근면하고, 근검절약하며 지냅니다. 저는 정직한 사람들을 좋아하고, 또 오락도 그런 것만 좋아합니다. 그런데 바로 그게 저를 파멸시키다니…… 그래도 고의로 그런 건 아니니 제 양심에 비추어 부끄러운 짓을 하진 않았다고 자부합니다.

저는 오 년 전부터 여기 있는 제 마누라와 함께 푸아시에서 일요일을 보냈습니다. 바람도 쏘일 수 있고 또 제가 낚시를 매우 좋아하기 때문이지요. 저희는 정말이지 낚시질을 좋아한답니다. 제가 낚시광이 된 건 제 마누라 멜리 탓이지요. 저보다도 들떠 날뛰니까요. 재판장님께서도 곧 아시겠지만 이번 사건도 다 마누라 때문이랍니다.

저는 힘은 세지만 성질은 온순해서 나쁜 마음이라고는 서푼어치도 없습니다. 그렇지만 마누라는! 아이고! 이 여자는 겉보기에는 몸집이 작고 가늘어서 착해 보이지요. 그렇지만 살쾡이보다도 독하답니다. 물론 좋은 면도 있지요. 우리 같은 장사꾼에게는 정말 중요한 자질이지요. 그렇지만 성질이 얼마나 대단한지! 주위 사람들에게 물어보세요. 조금 전에 저를 변호해 준 문지기 아주머니에게 물어보시든지요. 그러면 충분히 아실 겁니다."

르나르 부인이 참견했다. "마음대로 지껄여 봐요. 그래도 희고 검은 건 밝혀지기 마련이니까."

르나르는 아내 쪽을 돌아보며 솔직하게 말했다.

"당신은 피고가 아니니까 욕 좀 먹어도 되잖아."

그러고는 다시 재판장 쪽으로 얼굴을 돌리며 말했다.

"다시 계속하겠습니다. 어쨌든 우리는 매주 토요일 저녁이면 푸아시에 갔습니다. 그다음 날 새벽부터 낚시하려고 말이지요. 그렇게 든 습관은 우리에게 제2의 천성같이 되고 말았습니다. 그러다 삼 년 전 여름에 아주 좋은 자리를 하나 발견했습니다. 정말 기막힌 자리였어요. 그늘이 드리운 데다 물 깊이가 적어도 2.5미터, 어쩌면 3미터 되는 깊은 구멍이었습니다. 그곳에서부터 강둑 아래로 작은 구멍들이 있어서 정말이지 물고기 집이랄 만한 곳이었습니다. 낚시꾼들의 천국이었죠. 저는 그 구멍을 제 소유라고 생각했습니다. 콜럼버스와 마찬가지로 그곳을 처음 발견했으니까요. 그 고장에서는 모두들 이 사실을 인지했고, 아무도 여기에 이의를 제기하지 않았습니다. 모두들 '거긴 르나르 자리야.'라고 말했지요. 다른 사람의 자리를 뺏기로 유명한 플뤼모 씨조차도 제 자리는 결코 넘보지 않았습니다.

그래서 저는 제 소유처럼 마음 놓고 그 자리에 갔던 겁니다. 토요일이면 푸아시로 향해서 그곳에 도착하자마자 아내와 함께 '데릴라'에 올라탔습니다. 데릴라는 제가 푸르네즈 가게에 주문해서 만든 배 이름이죠. 가볍고 튼튼하답니다. 이렇게 데릴라에 타고는 떡밥을 뿌리러 갑니다. 떡밥이라면 제가 전문가죠. 모두들 잘 안답니다. 떡밥으로 뭘 쓰느냐고요? 그건 말씀드릴 수 없습니다. 사고와는 관계가 없는 일이고 비밀이니까요. 지금까지 기백 명이 제게 물어 왔지요. 술이나 생선튀김, 마틀로트 같은 것을 사 주면서 제 입을 열려고 했지만 어림없죠. 고기가 오는가 보라지요. 정말이지 모두들 제 비법을 알아내려고 수단을 가리지 않았어요…… 그걸 아는 사람은 제 아내밖에 없습니다…… 그렇지만 제 아내도 저 이상으로 입이 무겁답니다…… 그렇지, 멜리?"

재판장이 말을 막았다.

"빨리 본론을 말하시오."

그러자 피고가 이야기를 계속했다.

"네, 바로 말씀드리지요. 그래서 7월 8일 토요일, 5시 25분 기차로 떠난 저희들은 여느 토요일과 마찬가지로 저녁을 먹기 전에 떡밥을 뿌리러 갔지요. 날씨가 매우 좋을 것 같아서 저는 멜리에게 '내일은 참 좋을 것 같아.'라고 말했습니다. 아내도 '정말 그러네.'라고 대답했지요. 우리는 그 이상의 대화를 나누는 법이 없습니다.

우리는 저녁을 먹으러 돌아왔습니다. 저는 기분이 좋았습니다. 목도 말랐지요. 그런데 재판장님, 그게 모든 일의 원인이었습니다. 저는 멜리에게 '멜리, 날씨가 좋은데 취침용 모자 한 병 마시면 어떨까?' 하고 물어봤습니다. 우리는 백포도주를 그렇게 불렀는데 그 이유는 너무 많이 마시면 잠을 못 이루기 때문이지요. 꼭 취침용 모자처럼 머리를 옥죄니까요.

아내는 대답했습니다. '마음대로 하시구려. 그렇지만 몸이 불편해서 내일 아침에 일어나지 못하면 어떡하려고?' 맞는 말이었습니다. 현명하고 신중하며 이치에 맞는 말이지요. 그렇지만 저는 참지 못하고 마시고야 말았습니다. 그리고 모든 것은 그 때문에 일어났습니다.

과연 저는 잠들지 못했습니다. 제기랄! 포도즙으로 만든 취침용 모자가 머리를 옥죄는 바람에 새벽 2시까지 깨어 있던 거죠. 그러다가 겨우 잠이 들었는데 이번에는 누가 업어 가도 모를 정도로 깊이 잠들어 버렸어요.

결국 아내가 6시에 저를 깨웠지요. 저는 침대를 박차고 나와 바지와 윗옷을 입고 얼굴에 물을 찍어 바르고는 데릴라에 탔습니다. 그렇지만 너무 늦었습니다. 구멍에 도착해 보니 벌써 누군가가 구멍을 차지하고 있지 않겠습니까. 재판장님, 그런 일은 삼 년 동안 한 번도 일어나지 않았습니다. 마치 눈앞에서 가방을 강탈당하는 것과도 같았습니다. 저는 '제기랄, 제기랄, 제기랄!' 하고 투덜거렸습니다. 그러자 아내가 바가지를 긁기 시작했습니다. '흥, 당신의 취침용 모자! 잘되었군, 주정뱅이 같으니라고! 꼴좋군, 바보 같으니라고!'

저는 아무 말도 하지 않았습니다. 사실이 그랬으니까요.

그렇지만 저는 그 장소 곁에 배를 대었습니다. 찌꺼기라도 좀 건져 볼까 하고요. 나아가 그 사람은 아무것도 낚지 못할 수도 있고 그러면 일찍 가 버릴지도 모른다고 은근히 기대했습니다.

그 사람은 키가 작고 말랐는데, 흰 리넨 바지를 입고 큰 밀짚모자를 쓰고 있었습니다. 그도 역시 아내와 함께였는데 그의 뚱뚱보 아내는 남편 뒤에서 수를 놓고 있었습니다.

우리가 옆에 자리 잡자 그 여자가 투덜거렸습니다.

'아니, 강가에 자리가 여기뿐인가?'

그러자 화가 잔뜩 난 제 아내가 대꾸했습니다.

'예의를 아는 사람이라면 남의 자리를 가로채기 전에 미리 좀 알아봐야지.'

저는 말썽을 일으키고 싶지 않았기 때문에 아내를 가로막았습니다.

'멜리, 그만둬. 내버려 둬. 두고 보자고.'

우리는 데릴라를 버드나무 밑에 묶고 배에서 내렸습니다. 멜리와 나는 두 사람 옆에서 나란히 낚시하기 시작했습니다.

재판장님, 여기서부터는 좀 자세히 말씀드려야겠습니다.

우리가 도착한 지 오 분도 채 안 되어 옆 사나이의 찌가 두세 번 움직이더니 곧 제 넓적다리만큼이나 큰, 어쩌면 그보다는 조금 작을지도 모르겠습니다만 거의 그만큼 큰 물고기가 올라왔습니다. 저는 가슴이 뛰었습니다. 관자놀이에서는 땀이 솟았지요. 멜리가 얘기했습니다. '저것 봐, 주정뱅이 양반, 보여요?'

마침 그때 모래무지를 주로 낚는 잡화상 브뤼 씨가 배를 타고 지나가며 소리를 질렀습니다. '르나르 씨, 자리를 뺏겼군요.' 그래서 저는 '그래요, 브뤼 씨. 이 세상에는 예의범절을 모르는 사람들도 있군요.'라고 대답했습니다.

옆자리에 있는 키 작은 남자는 못 들은 척했습니다. 그건 그의 아내도 마찬가지였습니다. 그 뚱보 미련퉁이 말이지요."

재판장이 재차 주의를 주었다. "조심하세요. 당신은 여기 자리한 플라메슈 부인을 모욕하고 있습니다."

르나르는 사과했다. "미안, 미안합니다. 열 내다 보니까 그리되었습니다."

"그리하여 십오 분도 지나지 않아 키 작은 남자는 또 한 마리를 잡았습니다. 그리고 바로 또 한 마리를 잡고, 오 분 후에 또 한 마리를 잡았습니다.

저는 눈물이 핑 돌았습니다. 옆에 있는 제 아내는 속을 부글부글 끓이면서 쉬지 않고 절 몰아쳤습니다. '아이고, 맙소사! 당신 눈엔 저치가 당신 고기를 훔쳐 가는 게 안 보여요? 당신은 아무것도 잡지 못할 거야. 개구리 한 마리도 못 잡을 거라고요. 그 생각만으로도 속에서 불이 나.'

나도 속으로 별렀습니다. '여하튼 12시까지 기다려 보자고. 저 도둑놈이 점심 먹으러 가면 그때 내 자리를 되찾아야지.'라고 말이지요. 저는 일요일마다 낚시터에서 점심을 먹었으니까요. 데릴라에 싣고 온 음식으로 말이지요.

그런데 이게 웬일입니까. 12시가 되자 그 나쁜 놈이 신문지 뭉치에서 통닭을 끄집어내는 게 아니겠습니까? 게다가 그자가 식사하는 사이에 또 한 마리가 낚이지 않았겠습니까?

멜리와 저도 점심을 먹었습니다. 그렇지만 우리는 음식에 손을 대는 둥 마는 둥 했습니다. 생각이 없었던 거죠.

소화하기 위해서 저는 신문을 집어 들었습니다. 일요일마다 저는 그렇게 물가 그늘에서 《질 블라》를 읽지요. 그날은 콜롱빈의 날이었습니다. 재판장님도 아시죠? 《질 블라》에 기사를 쓰는 콜롱빈 말이에요. 저는 콜롱빈을 잘 안다고 떠벌려서 제 아내를 화나게 하곤 하죠. 물론 그건 사실이 아닙니다. 저는 콜롱빈을 모릅니다. 한 번도 본 적이 없어요. 그렇지만 상관없어요. 그녀는 글을 잘 쓰지요. 게다가 여자치고 매우 멋진 말을 합니다. 그래서 맘에 들어요. 그런 여성은 흔치 않지요.

그날도 저는 습관대로 아내를 놀리기 시작했습니다. 그러자 아내는 곧 불같이 화를 냈어요. 그래서 저는 입을 다물고 말았어요.

마침 그때 여기 계시는 두 증인인 라뒤로 씨와 뒤르당 씨가 강물 건너편에 도착했습니다. 우리들은 서로 얼굴만 알고 지내는 사이였죠.

예의 키 작은 사내는 다시 낚시질을 시작했습니다. 그러고는 계속 고기를 낚아 올렸습니다. 저는 약이 올라서 몸이 덜덜 떨릴 지경이었습니다. 사내의 아내가 말했습니다. '자리가 참 좋군요. 데지레, 우리 앞으로는 항상 여기로 와요.'

저는 등에 식은땀이 흘렀습니다. 그것도 모르고 아내는 연신 불평을 해 대었습니다. '당신은 사내도 아냐, 사내가 아니라니까. 순 겁쟁이 같으니라고.'

저는 불쑥 아내에게 말했습니다. '이제 돌아가고 싶어, 뭔가 일을 저지를 것만 같단 말이야.'

그러자 아내는 제 코 밑에다 달아오른 불덩이를 갖다 대듯이 얼굴에다 한마디 내뱉었습니다. '당신은 사내도 아냐. 이제 도망치려는 거지, 자기 자리를 남에게 내주려고. 잘해 봐. 겁쟁이 바젠[38] 같으니라고!'

그 말을 듣자 저도 화가 치밀어 올랐습니다. 그래도 꿈쩍 않고 있었습니다.

마침 그때 그치가 잉어를 한 마리 낚아 올렸습니다. 정말이지 그렇게 멋진 놈은 본 적이 없어요.

그러자 제 아내는 누구에게랄 것도 없이 혼잣말처럼 큰 소리로 말하기 시작했습니다. 물론 뻔한 짓거리였죠. '저런 걸 훔친 물고기라고 하지. 우리가 떡밥을 놓은 자리에서 잡았으니까. 떡밥 값이라도 돌려줘야 마땅하지 않나.'

그러자 작은 사내의 뚱보 아내가 대꾸했습니다. '아주머니, 그거 우리 들으라고 하는 소린가요?'

'다른 사람이 돈 들여 가꿔 놓은 걸 날름 떼어먹는 고기 도둑에게 하는 소리구먼.'

'고기 도둑이라니, 우리가 고기 도둑이란 말이에요?'

두 사람은 옥신각신 말다툼을 벌이기 시작했습니다. 아이고, 두 여자가 한마디도 지지 않고 주거니 받거니 대거리하는 꼴이란! 목소리가 하도 커서 강 건너편에 계시던 우리 증인들까지도 농담 반 진담 반 소리칠 지경이었지요. '어이, 거 좀 조용히들 하시지요. 남편들 낚시에 방해되겠소.'

38 보불 전쟁 때 세당 전투에서 패배한 프랑스 장군.

사실 작은 사내와 저는 나무둥치처럼 꼼짝도 않고 있었어요. 못 들은 척하고 앉아서 물만 쳐다보았지요.

그렇지만 우리는 모든 걸 다 듣고 있었지요. 두 여자 사이에서는 계속해서 말들이 오갔습니다. '이런 거짓말쟁이 같으니라고.' '그럼 넌 뚜쟁이야.' '이 매춘부야.' '이런 화냥년 좀 보게.' 욕설은 점점 심해졌습니다. 뱃사람이라도 더한 욕설은 모를 겁니다.

그때 갑자기 제 뒤에서 퍽 하는 소리가 나서 뒤를 돌아다 보았습니다. 뚱보 아낙이 양산을 휘두르며 제 아내에게 달려든 것이었습니다. 퍽퍽 멜리는 두 방을 얻어맞았습니다. 아내는 분기탱천했습니다. 멜리도 화가 나면 손이 나가는 성격이거든요. 뚱보의 머리끄덩이를 거머잡고 찰싹찰싹 뺨을 때리기 시작했습니다.

저는 여자들끼리 싸우도록 내버려 두려고 했습니다. 여자들은 여자들끼리, 남자들은 남자들끼리 해결해야지 괜히 끼어들면 안 되니까요. 그런데 작은 사내가 벌떡 일어서더니 제 아내에게 달려들려고 했습니다. 아니! 그건 안 되지요! 친구, 그건 안 될 말씀이지요! 저는 주먹으로 그 새대가리에게 한 수 가르쳐 주었죠. 코빼기를 한 대 그리고 배때기를 한 대 쳐 주었답니다. 그자는 사지를 쭉 뻗더니 뒤로 벌렁 자빠져서 물속에 빠져 버렸죠. 바로 그 구멍 속에 말이지요.

재판장님, 정말이지 그때 제게 여유만 있었다면 바로 그자를 구했을 겁니다. 그런데 그러지를 못했어요. 왜냐하면 그때 마침 뚱보가 제 아내를 흠씬 두들겨 패고 있었기 때문이에요. 물론 사람이 물을 먹고 있는데 아내를 구해서는 안 되었죠. 그렇지만 그때는 그자가 물에 빠져 죽으리라고는 꿈에도 생각지 못하고 단지 '그치, 이제 정신이 좀 들 거야.' 하고 말았지요.

그래서 저는 여자들 쪽으로 달려가서 뜯어말렸습니다. 그러느라 얻어맞기도 하고, 손톱에 할퀴기도 하고, 물어뜯기기도 했습니다. 말도 마세요, 어찌나 드세던지요!

하여튼 간에 두 여장부를 뜯어 놓는데 오 분, 아니 십 분 정도가 걸렸습니다.

그러고 나서 돌아가 보니 아무것도 보이지 않았습니다. 물은 호수처럼 잔잔했습니다. 강 저편에 있는 사람들이 소리를 질렀습니다. '그 사람, 구해야 해요, 구해야 해요.'

말이야 쉽지요. 하지만 저는 헤엄을 못 치거든요. 잠수는 더더욱 못하고요.

방죽지기와 함께 작대기를 든 남자 둘이 왔을 때는 이미 십오 분이나 흐른 후였습니다. 그 작은 사내는 2.5미터나 되는 물속에 가라앉아 있었어요. 수심이 2.5미터라는 건 제가 이미 말씀드렸죠? 그렇지만 그 아래 그 사내가 있다니!

제가 지금까지 드린 말씀은 조금도 거짓 없는 사실 그대로입니다. 저는 결백합니다. 제 명예를 걸고 맹세합니다."

증인들도 같은 취지로 증언하여 피고는 무죄 석방되었다.

안락사용 안락의자

집 앞으로 센 강이 흐른다. 아침 햇살에 반짝이는 강물은 막 다림질을 끝낸 듯 주름 하나도 보이지 않는다. 두루마리째 펼쳐 놓은 은빛 비단처럼 길고 넓으며 아름다운 강줄기는 군데군데 보랏빛 무늬로 얼룩져 있다. 그리고 건너편 강둑에는 커다란 나무들이 늘어서서 거대한 초록빛 장벽을 이루었다.

매일 아침 새로 삶이 시작되는 듯, 신선하고 즐거우며 사랑스러운 생의 환희가 잎새 위에 한들거리고 공기 중을 살랑거리며 물 위에서 반짝거린다.

하인이 신문을 가져왔다. 조금 전에 우체부가 배달해 온 것이다. 나는 신문을 들고 천천히 강가로 걸어갔다.

신문을 펼치자 제일 먼저 「자살자 통계」라는 제목이 눈에 띄었다. 그 기사에는 올해 자살한 사람이 8500명이 넘는다고 씌어 있었다.

눈앞에 즉시 그들의 모습이 떠올랐다. 삶에 지치고 절망한 자들이 자청하는 무서운 살육의 장면이었다. 피가 낭자한 사람들이 턱이 부러지고, 머리가가 터지고, 가슴에는 총알 구멍을 품은 채 천천히 죽음의 고통을 겪었다. 그들은 호텔 방에서 상처의 아픔보다는 이전의 불행을 생각하며 혼자 쓸쓸히 임종을 맞는 것이었다.

또 다른 장면도 떠올랐다. 목이나 배를 칼로 그은 후 자살 도구로 사용한 부엌칼이나 면도칼을 손에 쥔 사람들의 모습이었다.

그 외에도 여러 장면이 떠올랐다. 성냥을 집어넣은 유리잔을 바라보는 사람이며 빨간 독극물 딱지가 붙은 조그만 약병을 앞에 두고 앉은 사람도 보였다.

그들은 꼼짝 않고 앉아서 그것을 응시한다. 그러고는 그것을 마신 후 조용히 기다린다. 갑자기 뺨이 일그러지고 입술이 씰룩거린다. 눈에는 말 못 할 공포가 어린다. 그처럼 큰 고통이 기다리는 줄 몰랐던 까닭이다.

그들은 비틀거리며 일어섰다가 다시 쓰러진다. 그리고 두 손을 배 위에 댄다. 내장 속에 불타는 강물이 흘러 내장을 태우고 타들어 가는 것 같아서다. 그리고 얼마 후 그들의 의식이 깜깜해진다.

목을 매어 죽은 사람들도 보였다. 어떤 사람은 벽의 못에, 또 어떤 이는 창문의 튀어나온 자물쇠에, 천장 갈고리에, 다락 대들보에, 또 어떤 이는 저녁 비를 맞으며 마당 나뭇가지에 목을 맨다. 나는 혀를 내민 뻣뻣한 시체가 되기 전까지 그들이 했던 일들을 하나하나 그려 보았다. 그들이 겪었던 마음의 고통과 마지막 망설임과 줄을 매는 모습, 제대로 매였나 확인하는 모습 그리고 목에 줄을 걸고 뛰어내리는 모습 들을.

가스 중독으로 죽은 사람들도 보였다. 어린 자식들을 거느린 어머니, 배고픔에 시달리는 늙은이, 실연의 아픔에 몸부림치는 젊은 처녀가 방 안에 석탄 난로를 켜 놓고 낡은 침대 위에 뻣뻣하게 죽어 있는 모습이었다.

인적이 끊긴 밤중에 다리 위를 서성이는 사람들도 보였다. 무엇보다 끔찍한 것은 바로 그들이다. 강물은 다리 밑을 조용히 흘러간다. 아래에는 먹물 같은 어둠뿐, 물은 보이지도 않는다…… 다만 밑에서 올라오는 냉기로써 그 존재를 짐작할 뿐이다. 이는 유혹적인 동시에 공포스럽다. 물에 뛰어들 용기가 나지 않는다. 그러나 감행해야만 한다. 멀리서 종소리가 들린다. 돌연 암흑의 정적 속에서 몸뚱이가 강물 속에 떨어지는 소리가 들린다. 비명도 들린다. 잠시 동안 허우적거리는 소리가 들리고는 곧 다시 정적이 찾아든다. 때로 첨벙 소리만으로 그치기도 한다. 떨어지기 전에 팔을 묶었거나 발에 돌을 매단 경우다.

아! 불쌍한 사람들이여, 불쌍한 사람들이여! 그들의 고통이 뼈저리게 느껴진다. 그들의 죽음은 나 자신의 죽음처럼 생생하다. 나는 그 사람들의 비참한 생을 모두 체험했다. 나는 한 시간 만에 그들의 고통을 모두 지켜보았다. 어느 누구보다도 생의 속임수와 환멸을 잘 알기 때문이다.

나는 그들을 너무도 잘 이해한다. 그들은 약한 데다 거듭되는 불운에 만신창이가 되었다. 사랑하는 사람을 잃고, 언젠가는 보답을 받으리라는 희망조차 잃어버렸다. 이승에서 부당하게 고통을 받았을지라도 저승에서는 필연코 신의 정의가 이루어지리라는 믿음마저도 잃어버렸다. 더 이상 행복이라는 신기루에 속을 힘조차 없다. 그래서 그들은 진저리치며 휴식도 없이 몰아치는 생의 드라마를 마감한다. 그렇게 이 부끄러운 코미디를 끝내려는 거다.

자살! 그것은 힘없는 사람의 마지막 안간힘이다. 희망 잃은 사람의 마지막 희망이며 패자가 그러모으는 최후의 용기다. 그렇다. 이승에는 그래도 하나의 문이 남아 있다. 우리는 언제라도 그것을 열고 나갈 수 있다. 자연은 우리를 가엾이 여겨 우리에게 나갈 구멍을 마련해 주었다. 절망한 자에게 있어 얼마나 감사한 일인가!

그러므로 인생에 환멸을 느낀 사람들이여, 주저 말고 가벼운 마음으로 나갈지어다. 걱정할 것이 전혀 없도다. 언제라도 밖으로 나갈 수 있으니. 지독한 신조차도 닫을 수 없는 비상구가 우리 뒤에 버티고 있으니.

나는 스스로 죽음을 택한 이 8500명 이상의 사람들에 대해 생각하고 있었다. 그러자 그들이 함께 모여 기도라도 올리는 느낌이 들었다. 사람들이 생에 대해 한층 깊은 이해에 도달할 때 실현될 그 어떤 것을 위한 기도 말이다. 총에 맞거나 칼에 찔려, 혹은 독약을 마시거나 목매달려, 혹은 질식하거나 물에 빠져 죽은 그 모든 사람들이 눈뜨고 볼 수 없는 참혹한 무리를 이루어 투표하러 가는 사람처럼 죽 늘어서서 사회에 대해 외치는 것 같았다. "쉽게 죽을 방도라도 마련해 주시오! 당신들은 우리가 살아 있는 동안 조금도 도와주지 않았소. 그러니 죽을 때라도 도와주시오. 보시오. 우리는 이렇게 수가 많소. 그러니 민주주의 사회에서 우리에게도 말할 권리가 있지 않겠소. 살기를 포기하는 우리들에게 끔찍하거나 무섭지 않은 죽음을 선사해 주시오."

나는 공상에 잠겼다. 이 문제에 대한 기기묘묘하고 기상천외한 생각들이 뭉게구름처럼 일어났다.

퍼뜩 정신을 차려 보니 나는 어떤 도시에 가 있었다. 파리였다. 그렇지만 어느 시대의 파리란 말인가? 나는 거리에 늘어선 주택과 극장과 관공서 건물들을 기웃거리며 앞으로 걸어갔다. 그러다가 나는 어떤 광장에 다다랐다. 거기에는 커다란 건물이 있었다. 매우 아름답고 멋지고 예쁜 건물이었다.

나는 깜짝 놀랐다. 왜냐하면 건물 정면에 금박 글씨로 "자발적 죽음 센터"라는 글씨가 씌어 있었기 때문이다. 아! 백일몽이란 얼마나 신기한가! 깨어 있으면서도 우리의 정신은 비현실적인 가능태의 세계로 날아다니니 말이다. 백일몽을 꾸는 동안 우리는 무엇에도 놀라지 않고, 어떤 것에도 충격받지 않는다. 고삐 풀린 우리의 환상은 우스운 것과 슬픈 것조차 구별하지 않는다.

그 건물로 다가갔다. 현관의 로커 룸 앞에 짧은 퀼로트[39]를 입은 종업원들이 앉아 있었다. 신사 클럽을 연상시키는 분위기였다.

나는 건물 안으로 들어갔다. 종업원 한 명이 자리에서 벌떡 일어났다.

"어떻게 오셨습니까?"

"여기가 어떤 곳인지 알고 싶어서요."

"다른 용무는 없으십니까?"

"네. 없습니다."

"그럼 저희 간사님께 안내해 드릴까요?"

나는 선뜻 결심이 서지 않아서 종업원에게 물었다.

"괜히 귀찮게 하는 게 아닐까요?"

39 프랑스 혁명 이전의 구체제(앙시앵 레짐) 시절 남자들이 입던 반바지.

"아, 아닙니다. 그분은 홍보 담당이시니까요."

"그렇다면 그러지요."

종업원은 앞장서서 복도를 걸어갔다. 복도에는 노신사 몇 명이 이야기를 나누고 있었다. 이윽고 한 사무실에 다다랐다. 검은 목제 가구 일색인 방 안은 조금 어두웠지만 그럼에도 매우 격조 있었다. 안쪽에는 배가 나온 비만한 젊은이가 시가를 피우며 편지를 쓰고 있었다. 냄새로 보아 최고급 시가임에 틀림없었다.

그가 자리에서 일어났다. 우리는 서로 인사를 나누었다. 종업원이 나가자 간사가 물었다.

"무엇을 도와드릴까요?"

"실례 되더라도 용서하십시오. 단도직입적으로 말하자면 저는 이 건물을 처음 봅니다. 간판에 적힌 글자를 보고 깜짝 놀랐습니다. 그래서 여기가 뭐 하는 덴지 알고 싶어졌습니다."

간사는 빙그레 웃었다. 그러고는 만족한 태도로 조용조용 말했다.

"뭐라고 할까요, 여기는 죽기 원하는 사람을 즐겁게는 아닐지라도 어쨌든 제대로 그리고 편하게 죽여 주는 데지요."

결코 경악스럽게 생각되지 않았다. 매우 자연스럽고 정당하게 느껴졌다. 그러나 이 세상이 워낙 저열하며 실용적이고 인도주의적이고 이기적인 사상으로 가득 차 있으며 또한 자유를 우상시한다는 사실을 감안한다면 누군가가 이런 사업을 벌일 엄두를 냈다니 놀라웠다.

그래서 나는 그에게 물어보았다.

"어떻게 이런 사업을 하게 되었습니까?"

"1889년 만국 박람회 이후 오 년 동안 자살이 부쩍 늘었어요. 그래서 시급히 방도를 강구해야만 했죠. 사람들이 아무데서나 자살을 해 댔거든요. 길거리에서, 축제에서, 식당에서, 극장에서, 기차 안에서, 심지어는 대통령이 주최한 연회에서조차 자살할 정도였으니까요.

그건 저처럼 잘살고 싶은 사람들에게는 정말 참혹한 광경이었죠. 아이들 교육에도 나쁘고요. 그래서 자살을 중앙 통제할 필요가 생긴 거죠."

"왜 그처럼 자살이 늘어났을까요?"

"그건 저도 잘 모릅니다. 아마도 세상이 낡아서 그런 게 아닐까요. 사람들이 현실을 똑똑히 이해하게 되면서 그것을 감수하지 못하게 된 거죠. 운명이나 정치나 마찬가지죠. 사람들은 실체를 알았죠. 그리고 자신이 항상 사기를 당하고 있다는 것도요. 그러니 거기서 탈퇴하고 싶어진 거죠. 국회 의원이 유권자를 속이듯 신이 거짓말로 인간을 속이고 착취한다는 사실을 깨닫게 된 거죠. 그래서 사람들은 화를 내지만 신은 국회 의원과 달라서 석 달 만에 갈아치울 수도 없는 것 아닙니까. 그러니까 대신 자기들이 이승을 떠나는 겁니다. 이승이란 정말이지 나쁜 세상이니까요."

"그럴 수가!"

"네, 물론 저는 불평하지 않지만요."

"그런데 선생님, 이곳이 어떻게 운영되는지 좀 설명해 주시겠습니까?"

"물론이지요. 참, 선생님께서도 원하시면 회원이 되실 수 있습니다. 이곳은 회원제 클럽이니까요."

"클럽이라고요?"

"네, 선생님. 국내 최고의 저명인사들과 지성들이 세운 클럽이지요."

그는 한바탕 웃으면서 덧붙였다.

"게다가 모두들 참 좋아한답니다."

"여기를요?"

"네, 그렇습니다."

"정말 놀랍군요."

"여기 클럽 회원들이 이곳을 좋아하는 이유는 죽음을 두려워하지 않기 때문이랍니다. 지상의 온갖 즐거움을 싸그리 망쳐 버리는 바로 그 죽음이란 걸 말이지요."

"자살을 하지 않으려면 뭐 하러 회원이 됩니까?"

"회원이 되었다고 해서 꼭 자살해야 하는 건 아닙니다."

"아니 그게 무슨 말이에요?"

"좀 더 설명을 해 드리지요. 자살이 기하급수적으로 늘어나고 참혹한 광경을 일상적으로 접하게 되자 절망한 사람들을 보호해 주는 자선 클럽이 결성되었어요. 그 불쌍한 사람들이 조용하고 고통 없는 죽음을 맞도록 하는 게 목적이었죠."

"대체 누가 감히 그런 사업을 허가할 수 있었습니까?"

"불랑제 장군[40]이죠. 잠시 정권을 잡았을 때 허가했답니다. 장군은 뭐든지 다 허가했으니까요. 물론 그 사람이 한 일 중에서 잘한 일이라고는 이것뿐이지만 말이죠. 어쨌든 그렇게 해서 협회가 만들어졌죠. 현명하고 명철하며 신의 존재에

40 프랑스의 군인이자 정치가. 1889년 1월 쿠데타에 성공할 뻔했으나, 본인이 망설이는 바람에 실패했다. 그 후 세력이 약화되어 결국 1891년 자살한다. 모파상이 이 단편을 발표한 것은 1889년 9월인데 이때는 아직까지 불랑제 장군이 살아 있던 때다. 이 년 후에 자살하게 될 사람을 자살 센터의 설립 허가자로 상상한 것이 놀랍다.

대해 회의적인 사람들의 협회 말입니다. 그리고 그들은 파리 한복판에 죽음에 대한 무시라는 일종의 종교를 믿는 사람들의 전당을 만들었답니다. 그게 바로 이 집이지요. 처음에 사람들은 이 집을 매우 두려워해서 근처에 얼씬도 하지 않았어요. 그래서 발기인들은 여기서 화려한 개원식을 개최했지요. 사라 베르나르, 쥐딕. 테오, 그라니에[41]와 레츠케, 코클랭, 무네쉴리, 폴뤼스[42] 같은 유명 연예인들과 그 외 수십 명의 저명인사들을 초대했죠. 뿐만 아니라 음악회도 열렸고, 뒤마, 메이아크, 알레비, 사르두 등의 연극도 공연되었죠. 실패한 작품은 베크[43]의 연극 한 편뿐이었어요. 좀 슬픈 작품이어서 말이죠. 그렇지만 이 작품도 후에 코메디프랑세즈 극장 공연 때는 큰 성공을 거두었죠. 어쨌든 파리 시민 전부가 몰려왔답니다. 사업이 본격적으로 개시된 셈이죠."

"축제 속에 개시된 죽음 사업이라니! 정말 무시무시한 농담이군요!"

"전혀 그렇지 않습니다. 죽음이란 슬픈 게 아니라 다른 것들처럼 일상적인 걸로 간주되어야 합니다. 우리는 죽음을 한층 밝고 즐거운 걸로 만들었어요. 꽃으로 장식하고 향수를 뿌려 손쉽게 만들었지요. 다른 사람의 본을 보고 남을 돕도록 배우는 것과 마찬가지 이치지요. 실제 눈으로 봄으로써 아무것도 아니라는 사실을 아는 거예요."

"사람들이 축제를 보러 온 건 이해할 수 있습니다. 그렇지

41 19세기 말의 유명한 여자 배우 및 여자 가수.

42 19세기 말의 유명한 남자 배우 및 남자 가수.

43 모두 실존 인물로 19세기의 유명한 프랑스 희곡 작가들이다.

만…… '그걸' 하러 오는 사람도 있었나요?"

"그 당장에는 없었죠. 반신반의했던 거죠."

"그럼 그 뒤에는요?

"있었어요."

"많이요?"

"떼지어들 몰려왔죠. 하루에 마흔 명 넘게도 온답니다. 이제 센 강에 빠져 죽는 사람은 거의 없어요."

"제일 처음 개시한 사람은 누구였나요?"

"우리 클럽의 회원이었어요."

"열성 회원이었나요?"

"아닙니다. 궁지에 몰린 사람이었죠. 석 달 동안 노름에서 큰돈을 잃어서 결국 파산했다더군요."

"아, 그래요?"

"두 번째는 영국 남자였는데 괴짜였죠. 우리는 신문에 광고를 내서 우리 방식을 설명했더랬죠. 또 구미가 동하는 죽음의 방식들을 개발해 냈죠. 제일 큰 고객은 빈민들이었어요."

"어떤 방식을 사용하는데요?"

"한번 보시겠습니까? 보면서 설명을 들으시죠."

"그러지요."

그는 모자를 집어 들고 문을 열었다. 그러고는 나를 도박실로 인도했다. 그곳에서 사람들은 도박을 하고 있었다. 겉보기에는 일반 도박장과 전혀 다를 바가 없었다. 그런 다음 우리는 여러 방을 지나갔다. 사람들이 신나고 즐겁게 떠드는 광경을 보며 이곳처럼 활기차고 생기 있고 웃음이 넘치는 클럽을 별로 본 적이 없다는 생각이 들었다.

내가 놀라움을 표시하자 간사가 말했다.

"저희 사업은 전대미문의 유행을 불러일으켰답니다. 세상의 멋쟁이란 멋쟁이는 모두 회원이 되었어요. 죽음을 우습게 안다는 사실을 남들에게 과시하려고 말이지요. 그리고 여기에 와서는 억지로라도 유쾌한 척해야 하지 않겠어요? 안 그러면 두려워하는 것처럼 보일 테니까요. 그래서 모두들 농담을 하고, 웃고, 허풍을 떨면서 재담을 하다 보니 자연스레 재치를 배우게 되었죠. 이제는 단연코 이곳이 파리에서 가장 사람이 많이 모이는 재미있는 장소가 되었답니다. 이제는 여성들도 나서서 목하 여성 클럽을 조직 중에 있답니다.

"그런데도 자살이 많다면서요?"

"이미 말씀드린 대로 하루에 사오십 명 정도죠. 사교계 사람들은 드물고 가난한 사람들이 많아요. 중산층도 많고요."

"그런데 어떻게…… 하죠?"

"질식시킨답니다…… 괴롭지 않게 말이죠."

"어떤 방법으로 말입니까?"

"저희가 발명한 가스를 사용하죠. 특허받은 물질이에요. 이 건물 반대편에 대중용 문이 있습니다. 이 건물은 작은 골목 세 개와 면해 있는데 골목마다 작은 문이 하나씩 있죠. 신청자가 오면 먼저 상담을 합니다. 그다음 구조 사업을 하죠. 신청자가 도움을 받아들이겠다고 하면 우리는 조사에 착수합니다. 그렇게 구조한 사람도 많습니다."

"비용은 어떻게 조달합니까?"

"자금은 충분해요. 회원들 회비가 꽤 됩니다. 또 모두들 이 사업에 기부하는 일을 품위 있다고 생각해요. 《피가로》에 기부자 명단이 실리니까요. 물론 부자들이 자살하려면 1000프랑을 내야 합니다. 그 대신 멋지게 죽죠. 그렇지만 가난한 사람들은 무료입니다."

"부자인지 가난한지 어떻게 압니까?"

"아, 그거야 짐작으로 알지요. 게다가 동네 경찰서에서 극빈자 증명서를 발급받아 와야 해요. 그 사람들의 형상은 정말 참혹합니다. 저는 그쪽에는 딱 한 번밖에 가 보지 않았지만 정말 다시는 가고 싶지 않습니다. 물론 건물 자체는 별다르지 않습니다. 여기와 거의 똑같이 화려하고 안락하게 꾸며져 있어요. 그렇지만 그 사람들 몰골이라니! 그 사람들 모습을 선생님께서 보신다면…… 정말이지…… 누더기를 걸치고 죽으러 오는 늙은이들에다 몇 달씩이나 주인 없는 개처럼 길거리에서 음식을 주워 먹는 가난에 전 사람들, 뼈와 가죽만 남은 몸뚱이를 누더기로 감싼 여자들, 병들고 마비되고 먹고살 길이 막막한 그런 여자들을 보신다면…… 그들은 먼저 자기 처지를 하소연합니다. 그러고 나서 한결같이 '정말 더 이상은 살 수가 없어요. 아무것도 할 수 없고, 돈을 벌 수도 없으니까요.' 라고 말합니다."

제가 본 사람 중에 여든일곱 세 되신 할머니가 있었지요. 자식들이 다 죽고, 손자 손녀까지 다 죽어서 육 주 전부터는 노숙을 했어요. 어찌나 불쌍한지 정말 가슴이 아팠어요.

여기 오는 사람들의 사정은 정말 다양해요. 들어서자마자 다짜고짜로 '어딥니까?' 하고 묻는 사람들도 있어요. 그런 사람들은 안내만 해 주면 바로 끝장을 본답니다."

나는 가슴을 옥죄는 긴장감 속에서 다시 물었다.

"그런데…… 어디지요?"

"여깁니다."

그가 문을 열면서 대답했다.

"들어가시죠. 이 방은 회원용이라 자주 사용되지 않습니다. 여기서는 소멸 처리를 11건밖에 하지 않았죠."

"아! 여기서는 그걸 소멸 처리라고 부르는군요."

"그렇습니다. 자, 들어가시죠."

나는 잠시 망설이다 안으로 들어갔다. 그곳은 일종의 온실 같은 멋진 장방형 방이었다. 방을 둘러싼 엷은 파랑, 분홍, 녹색의 창문 너머로 그림 같은 경치를 볼 수 있었다. 이 아름다운 살롱은 소파가 여러 개 놓여 있었고, 멋진 종려나무와 향기로운 장미를 비롯한 아름다운 꽃들로 장식되어 있었다. 탁자 위에는 책 몇 권과 《르뷔 데 되 몽드》와 시가가 담긴 담배공사 상자가 놓여 있었다. 그리고 놀랍게도 비시[44]산 드롭스가 과자 그릇에 담겨 있었다.

내가 놀라자 안내인이 말했다.

"아, 이 방에 자주들 놀러온답니다."

그러고는 "대중용도 같은 모양이랍니다. 다만 가구가 좀 덜 화려하죠." 하고 덧붙였다.

나는 물었다.

"어떻게 하는 겁니까?"

그는 두꺼운 크림색 비단으로 커버를 입힌 긴 안락의자를 손가락으로 가리켰다. 흰 수를 놓은 그 의자는 이름을 알 수 없는 커다란 관목 밑에 놓여 있었다. 관목 아래에는 물푸레나무 화단이 둥글게 꾸며져 있었다.

간사가 낮은 목소리로 덧붙였다.

"꽃과 향수는 원하는 대로 바꿀 수 있어요. 저희가 사용하

44 프랑스 중부의 도시 이름.

는 가스는 그 자체로는 무색무취이지만 원한다면 본인이 좋아하는 꽃향기를 낼 수 있거든요. 가스에 에센스를 섞어서 뿜는답니다. 잠깐 맡아 보시겠습니까?"

"아, 아니. 아직은 아닙니다."

그는 웃음을 터뜨렸다.

"아, 선생님. 전혀 위험하지 않아요. 저도 몇 번이나 맡아 보았는걸요."

나는 겁쟁이로 보일까 봐 걱정되었다.

"그럼 해 보지요."

"자, 안락사용 안락의자에 누우시지요."

불안한 마음으로 나지막한 비단 의자에 앉았다. 그러고는 그 위에 길게 드러누웠다. 그러자 곧 그윽한 물푸레나무 향이 나를 감쌌다. 좀 더 맡으려고 입을 벌렸다. 벌써 질식의 과정이 시작된 것이었다. 마음이 풀어진 나는 모든 것을 잊고 유혹적이고 즉각적인 마약의 취기를 즐기기 시작했다.

누군가 내 팔을 흔들었다. 간사의 목소리가 들렸다.

"아, 선생님. 너무 빠져드시는 것 같군요."

그때 어떤 목소리가 들려왔다. 백일몽 속이 아닌 진짜 목소리였다. 농부 티가 밴 목소리로 누군가가 내게 인사했다.

"안녕하세요, 선생님. 잘 지내십니까?"

퍼뜩 정신이 들었다. 센 강이 햇빛에 반짝였다. 오솔길 쪽에서 마을의 전원 감시인이 다가오는 모습이 보였다. 그는 가장자리에 은테를 두른 검정 모자에 손을 대고 있었다.

"잘 있었나, 마리넬. 지금 어디 가는 길인가?"

"모리용 근처에서 건져 올린 시체를 확인하러 가는 길입니다. 또 한 명이 물에 뛰어들었어요. 글쎄, 입었던 바지를 벗어서 다리를 꽁꽁 묶었다는군요."

옮긴이의 말

'주의'를 부정하는 자연주의자

모파상은 프랑스를 대표하는 단편 소설가다. 그는 사십삼 년이 채 못 되는 길지 않은 생애 동안 300여 편에 이르는 콩트와 단편 소설을 남겼으며 그 작품들은 오늘날까지도 전 세계인의 사랑을 받는다.

프랑스 문학사에서 모파상은 대체로 자연주의자로 분류된다. 그러나 실제로 그에게 가장 큰 영향을 끼친 작가는 사실주의의 거장 귀스타브 플로베르다. 모파상의 외삼촌 알프레드 르 푸아트뱅은 플로베르의 절친한 친구였으며 이 인연 덕택에 모파상은 1867년 플로베르를 처음 만나 이후 몇 년 동안 그에게서 글쓰기 지도를 받았다. 그러나 모파상과 플로베르는 여러 면에서 매우 대조적이었다. 먼저 작품 수에 있어서 플로베르는 죽을 때까지 여섯 편밖에 발표하지 않을 정도로 매우 과작이었다.(그의 미완성 작품들은 사후에 발간되었다.) 이에 반해 모파상은 대단한 다작이어서 수많은 콩트와 단편 소설 외에도 장편 소설 여섯 권과 여행기 세 권, 그리고 시집 한 권을 발표했다. 또한 글쓰기 방식에 있어서도 절차탁마를 통해 누에가 실을 잣듯이 어렵게 글을 쓴 플로베르와는 달리 모파상은 손쉽게 글 쓰는 작가로 간주된다. 실제로 그의 동시대인들은 그의 글을 단번에 휘갈겨진 유려한 문체로 평가하였다. 그러나 일견 쉽게 보이는 모파상의 문체는 오랜 세월 동안 플로베르의 지도 아래 행해진 힘든 수업의 결과였다. 물론 모파상은 천재였지만 이러한 그의 천재성은 플로베르라는 스승의 가르침을 통하여 제대로 계발되었던 셈이다.

이처럼 플로베르의 제자임이 분명한 모파상이 어째서 자연주의와 함께 거론되는 것일까? 그것은 그의 출세작인 「비곗덩어리」가 에밀 졸라를 중심으로 모인 동인 집단의 작품집인 『메당의 저녁』에 발표되었기 때문이다. 모파상은 이 작품으로 세인의 관심을 끌었으며 또한 단번에 자연주의자로 분류되었다. 그러나 모파상 자신은 항상 이러한 분류에 반발하여 왔다. 그는 졸라가 대표하는 자연주의를 거부하였을 뿐만 아니라 플로베르가 표방하는 사실주의조차도 그 가치를 인정하지 않았다. 요컨대 모파상은 문학 사조상의 어떠한 '주의'도 믿지 않았던 것이다. 실제로 그는 1877년 친구 폴 알렉시스에게 "나는 자연주의나 사실주의가 낭만주의보다 크게 나을 게 없다고 생각하네."라고 쓰기도 했다. 이처럼 사실주의와 자연주의의 두 거장으로부터 개인적인 영향을 받은 모파상이 이들이 표방하는 문학 사조를 한꺼번에 거부한 것은 매우 아이러니적이다. 그러나 이러한 사실은 또한 모파상의 문학이 어느 특정한 미학으로써 접근되어서는 안 되며 다양성과 독자성 속에서 이해되어야 한다는 점을 시사한다.

그럼에도 모파상의 작품들 역시 다른 예술 작품들과 같이 그 시대의 산물임에 틀림없다. 따라서 그것들은 그 시대를 지배하던 사실주의, 그리고 나아가 자연주의적인 특징을 공유하지 않을 수 없다. 모파상과 사실주의, 혹은 자연주의 작가들을 이어 주는 공통점은 무엇보다도 대상을 대하는 시선의 냉정함과 비판의 신랄함이다. 물론 주제에 있어서도 그는 동시대의 많은 작가들과 마찬가지로 프티 부르주아 계층의 단조롭고 무미건조한 일상생활을 해부하였고 그 저속함을 가차없이 공격하였다. 이 선집에 포함된 작품들 중 「비곗덩어리」, 「피크닉」, 「목걸이」, 「유산」 등에서 우리는 프티 부르주아의 허영과 위선에 대한 모파상의 날카로운 시선을 감지할 수 있다. 그러나 모파상의 공격은 단지 프티 부르주아에 국한되지 않는다. 「시몽의 아빠」, 「전원에서」와 같은 작품에서 모파상이 그리는 시골 사람들은 결코 조르주 상드의 전원 소설에 나오는 순박하고 착한 인물들이 아니다. 그들은 도시의 프티 부르주아와 마찬가지로 계산적일 뿐 아니라 때로 도시 사람들보다 잔인하다. 요컨대 모파상의 세계는 시골 사람을 미화하는 낭만주의의 따뜻함과는 거리가 먼 비관의 공간이다. 그리고 이러한 절망적 세계관 역시 모파상과 자연주의를 연결하는 중요한 고리가 된다.

스무 권에 달하는 콩트 및 단편집을 채우고도 남을 정도로 엄청난 양의 작품을 남긴 모파상의 진면목을 드러낼 작품들을 선택하는 것은 매우 어려운 일이다. 「비곗덩어리」, 「목걸이」, 「두 친구」와 같은 대표작을 포함하되 연대기적 측면에서 「고해 성사」와 같은 초기 작품에서부터 후기 작품까지를 골고루 넣음으로써 전체적인 개관을 시도하였다. 그러나 모파상과 같은 작가에 대한 개관이 가능할까? 그런 의미에서 이 선집은 결국 불완전한 것일 수밖에 없다. 모파상에 대한 나은 이해를 원하는 독자들께는 이미 번역 출간된 다른 선집들을 두루 참조하기를 권한다.

번역 텍스트로는 루이 포레스티에가 1974, 1979년 갈리마르 출판사에서 편찬한 플레이아드판 『모파상 전집: 콩트 및 단편집』 1, 2권을 사용했다. 각주는 모두 역자가 단 것이다.

2017년 6월

이봉지

옮긴이
이봉지

서울대학교 불어교육학과를 졸업하고 같은 학교 대학원에서 석사 학위를, 미국 노스웨스턴 대학에서 불문학 박사 학위를 받았다. 현재 배재대학교 연극영화과 교수로 재직 중이다. 지은 책으로 「서사학과 페미니즘」, 옮긴 책으로 「수녀」, 「쿠데타와 공화정」이 있고, 「플로스 강의 물방앗간」, 「폴 리쾨르」 등을 공동 번역하였다.

두 친구

1판 1쇄 펴냄 2017년 6월 30일
1판 5쇄 펴냄 2022년 12월 26일

지은이 기 드 모파상
옮긴이 이봉지
발행인 박근섭, 박상준
펴낸곳 (주)민음사

출판등록 1966. 5. 19. 제16-490호
서울시 강남구 도산대로 1길 62(신사동)
강남출판문화센터 5층 06027
대표전화 02-515-2000 팩시밀리 02-515-2007
www.minumsa.com

ISBN 978 89 374 2918 7 04800
ISBN 978 89 374 2900 2 (세트)